I
Le passage

Comment Zarbie les Yeux Verts a trouvé son nom . 1

Plus tard, j'y repenserais comme à un passage. C'était peut-être ce que faisait ma mère aussi. Passer. D'un territoire connu à un territoire inconnu. D'un endroit où les gens vous connaissent à un endroit où les gens pensent seulement vous connaître.

Comme si l'on traversait à la nage un vrai fleuve, un fleuve traître et dangereux, et que, réussissant à atteindre la rive opposée, on devienne une personne différente de celle qu'on était.

Pour moi, tout a commencé en juillet, il y a un peu plus d'un an. Quelques semaines après l'anniversaire de mes quatorze ans. Lorsque Zarbie les Yeux Verts est venue dans mon cœur.

Il n'y avait pas encore de problèmes entre mes parents. En fait, ils avaient déjà dû commencer, mais je n'en saisissais pas les signes. Je ne voulais pas.

J'avais suivi un type plus âgé à une fête, et ça aurait pu mal tourner sans Zarbie.

D'où est venue Zarbie, je n'en sais rien. Je n'en ai jamais parlé à personne, pas même à Twyla, qui est ma meilleure amie et qui a une influence qu'on pourrait qualifier d'apaisante sur moi. Je n'en ai jamais parlé à mam, bien que nous ayons été assez proches à cette époque et, en y repensant maintenant, je me dis que j'aurais dû la mettre au courant.

Cette fête avait lieu chez des gens riches, à Puget Sound, au nord de la ville. Des voisins à eux, également très riches, nous avaient priés de passer quelques jours, ma famille et moi, dans leur somptueuse maison qui donnait sur le bras de mer qu'on appelle le Sound. Seul mon frère aîné, Todd, n'était pas venu avec nous. Je ne connaissais personne parmi les invités, ce soir-là. La plupart d'entre eux devaient être étudiants. C'était une fille de la Forrester Academy, mon école de Seattle, qui m'avait demandé de venir avec plusieurs de ses amies. Malheureusement en arrivant, j'apparus aussitôt comme la plus jeune de tous. Avec ma peau laiteuse, mes taches de rousseur, mes cheveux roux carotte ramenés en arrière en une queue-de-cheval qui semblait exploser en bouclettes voletant sous l'électricité statique jusqu'au milieu du dos, avec mon regard effrayé, mon top rose moulant sans bretelles, mes tongues, et mon absence de maquillage, j'avais vraiment l'air d'être la plus jeune.

Les filles avec lesquelles j'étais venue me laissèrent tomber en un temps record.

La maison où se trouvait ma famille était quasiment à deux kilomètres et, pour y revenir, j'aurais dû marcher le long de la route très fréquentée et sans trottoir qui suivait la côte. Pourtant, dès l'instant où je mis les pieds dans cet endroit, je n'eus plus qu'une envie : faire demi-tour, et partir en courant.

Franky Pierson, qui monte sur le plongeoir le plus haut. Prête à plonger, elle reste figée sur place.

Sauf que ce n'était pas une épreuve de plongeon. J'aurais aussi bien pu être invisible : personne ne me jetait le moindre regard.

La musique était si forte que je ne pouvais presque pas l'entendre. Hard heavy-metal rock ? Mon cœur se mit à battre vite, avec cette musique, comme chaque fois qu'il y a de l'électricité dans l'air. Mon père aimait à dire que, bien que je ressemble à ma mère, je suis très proche de lui : c'est un ancien athlète, un footballeur professionnel, et il affirme que, comme les oiseaux ou les animaux, nos réactions dépendent de notre environnement immédiat. En cas de défi, c'est la LUTTE ou la FUITE.

Une chose était sûre, je n'étais pas d'humeur à

LUTTER. Mais la FUITE ne m'attirait pas beaucoup non plus.

Au bout de quelques minutes, c'est bizarre, je commençai à aimer cette musique. En fait, je continuais à la détester sur le fond, mais je commençai à aimer la sensation électrique qu'elle donnait.

Les gens s'entassaient dans un living-room tout en longueur, dont les baies vitrées donnaient sur la mer. Au milieu de l'été, le soleil se couche tard au nord-ouest du Pacifique, et il venait tout juste de disparaître en dessous de l'horizon, laissant des traînées rouges, flamboyantes, sur l'ondulation des vagues, mais personne ici ne prêtait la moindre attention au paysage.

Je dérivais en marge du groupe, essayant de ne pas me faire bousculer par des inconnus chargés de boissons qui tanguaient dangereusement. D'après l'odeur de la pièce, c'est de la bière qu'ils buvaient. Comme une épave, je me laissai pousser en avant, et me retrouvai dans une autre salle aux parois de verre, encore plus vaste que l'autre, qui donnait sur un bassin où étaient amarrés un voilier aux formes élancées et un grand yacht. Partout se pressaient des gens que je ne connaissais pas, des beaux garçons, des filles superbes, beaucoup plus âgées que moi et très peu couvertes. C'était comme s'il y avait eu un panneau de verre opaque entre nous: ils se trouvaient dans une dimension dans laquelle je ne pouvais pénétrer. Mais j'étais entêtée et je ne pris pas la fuite.

Je pensais à ma mère qui disait que c'était une épreuve pour elle d'être avec des gens qui, la plupart du temps, voulaient uniquement rencontrer mon père, la célébrité locale, Reid Pierson. Ils l'ignoraient presque totalement, ou lui parlaient avec condescendance. (« Oh, et vous, qu'est-ce que vous faites ? ») Mam disait qu'elle avait l'impression de ne pas exister, et c'était ce que je ressentais à ce moment-là. J'étais intimidée, mais excitée, aussi, et pleine d'espoir. Je jetais des coups d'œil autour de moi, avec un petit sourire pathétique d'attente, d'anticipation, comme si d'un moment à l'autre quelqu'un allait venir vers moi et me serrer dans ses bras.

Un beau mec, un élève de terminale de Forrester, qui se fraierait un chemin dans la foule en s'écriant : « Francesca ? Salut. »

Les choses ne se sont pas passées comme ça. Pas tout à fait.

Je repérai une salle de bains, couverte de carreaux de céramique blancs, miroitants comme des perles, un Jacuzzi tape-à-l'œil avec de la robinetterie en cuivre, et je surpris dans le miroir mes joues écarlates, ainsi que le regard déconcerté/blessé/stoïque de mes yeux verts. Je fus gênée de me voir, mais qui d'autre m'attendais-je à trouver ?

J'avais mes règles depuis un an seulement. («Avoir ses règles», quelle expression débile!) J'étais plutôt un garçon manqué avant. Maintenant, je ne savais plus qui j'étais exactement. Une fille, c'est sûr. Mais pas une fille très fille.

Ou peut-être que si, justement. Peut-être que je suis Francesca Pierson et pas Franky. Et que je me bats contre ça.

Une dénégation, ça s'appelle.

Lorsque ma mère avait mon âge, elle était «obsédée» par son apparence. Et par les garçons. Elle me l'a dit, et elle m'a raconté qu'elle avait fait quelques jolies bêtises qui auraient pu lui gâcher irrémédiablement la vie si elle n'avait pas eu de chance. («J'avais plus de chance que d'intelligence, Francesca.») Je craignais donc parfois de ressembler plus à ma mère que je ne l'aurais voulu. J'avais peur de devenir «obsédée» par mon apparence au lycée, comme la plupart de ceux que je connaissais.

– Salut, Francesca.

Je m'adressai un clin d'œil dans le miroir. Je secouai ma queue-de-cheval. Et décidai que j'étais bien. Pas très glamour, mais bien.

– Salut!

Ne me demandez ni comment ni pourquoi: un type sort de la foule, me bouscule accidentellement, puis il s'arrête, me regarde, me sourit. Je lui rends un sourire de citrouille d'Halloween allumée. C'est incroyable de voir comme mon excitation retombe – je joue le rôle d'une fille qui n'est pas électrisée/effrayée/prête à exploser. On dirait que c'est une scène qui se déroule dans un film, et que j'ai déjà joué ce rôle-là avant.

Ce type qui me sourit, auquel je semble réellement plaire, me crie dans l'oreille qu'il s'appelle Cameron ; je n'entends pas son nom de famille. Il vient d'entrer à l'USC – j'ai vraiment l'air bête de lui demander ce qu'est l'USC (université de la Californie du Sud). Il me demande mon nom et je lui réponds « Francesca » – soudain Franky fait trop juvénile – et je bafouille le nom de mon lycée. Cameron me dit que ses parents vivent à Seattle, et plus précisément à Vashon Island, que son père est cadre chez Boeing, qu'ils ont une maison de vacances au bord de la mer, qu'il adore faire de la voile. « Et toi ? » me demande-t-il. Nous sommes si proches que je sens son haleine chargée de bière. Bousculés par les gens qui passent, nous sommes projetés encore plus près l'un de l'autre. Je m'entends répondre à Cameron, en lui hurlant pratiquement dans les oreilles, que ma famille habite à Yarrow Heights, et que nous passons juste quelques jours chez des amis qui ont une maison sur le Sound. Je ne lui donne pas de détails sur l'identité de mon père, ni de l'ami qui nous a invités, car lui aussi a un nom plutôt connu. (Pas en tant que sportif, comme papa, mais pour ses brevets d'ordinateur de haute technologie.) Cameron semble trouver tout ça très bien, de toute façon, il ne peut pas m'entendre et, s'il m'entend, ce que je lui raconte ne l'impressionne pas beaucoup. Excité par la musique et par l'ambiance, il sourit et se penche vers moi.

– Laisse-moi aller te chercher une bière, Fran... tu m'as bien dit Francesca ? C'est un joli nom.

Je n'avoue pas à Cameron que je déteste la bière, son odeur même, son goût amer et piquant qui me donne envie d'éternuer. Bien sûr, je ne lui dis pas non plus que mes parents seraient fous de rage s'ils apprenaient que j'étais dans une fête « où l'on boit ». Bien que je leur aie absolument promis de ne jamais rien avaler « d'alcoolisé », de ne jamais « expérimenter » aucune drogue, sous quelque forme que ce soit, soudain je suis là dans une soirée avec des gens que je ne connais pas, qui ont plusieurs années de plus que moi, et tout ce que j'ai promis ou décidé fond comme neige au soleil.

Cameron me prend par le bras et me conduit quelque part. La musique est si forte à présent que j'ai l'impression d'être dans l'œil d'un cyclone. Génial ! Je ne suis jamais allée dans une soirée aussi cool. Cameron me parle et je lui souris en acquiesçant, sans savoir de quoi il s'agit. Tout ce que je sais, c'est que ça me fait rire. Je suis là avec ce type qui doit avoir dix-huit ans, que je ne connais pas, mais avec lequel je m'entends vraiment bien. Les gens dansent ce drôle de truc où on se secoue, on se trémousse en criant, c'est facile, il suffit de se tortiller comme un serpent. On aurait dit que Franky Pierson s'était transformée. Comme si j'étais une fille complètement différente à cause de Cameron. Comme si d'un simple claquement de doigts, il m'avait rendue jolie et sexy alors qu'avant j'étais gauche et empotée. Et je sais danser, je suis aussi souple et agile qu'un gymnaste. Je balance mes hanches, mes bras, rejetant ma queue-de-cheval d'un côté à l'autre. Cameron me regarde, il est impressionné. Il est content que d'autres types, plus âgés, m'observent et soient bluffés, eux aussi.

Je jette un coup d'œil aux filles qui m'ont amenée là, et qui me contemplent bouche bée, comme si elles n'en croyaient pas leurs yeux. La petite Franky Pierson a du succès !

Je suis peut-être soûle, maintenant, mais qu'est-ce que ça peut faire ? Je plane, je suis bien, je voudrais que la musique et la danse ne finissent jamais.

– Fran-cesca. C'est un joli nom.

Cameron m'a emmenée quelque part. Je n'arrête pas de glousser. Ma tête est un ballon qui enfle, enfle, et risque d'éclater, mais c'est amusant, comme les bulles de la bière qui montent dans mon nez et me font éternuer-éternuer-éternuer.

La musique n'est plus aussi forte. Je l'entends toujours, et je sens ses vibrations, mais de loin.

Cameron murmure des mots que je ne peux pas déchiffrer. Nous sommes dans une pièce avec une fenêtre qui va du plancher au plafond et qui donne sur l'eau, mais il fait nuit, à présent. Je sens la mer, et j'entends le clapotement de l'eau, mais je ne peux pas la voir. C'est comme si j'étais sur un plongeoir, les yeux fermés, soudain apeurée à l'idée de tomber. Et de rater. Les doigts de Cameron sont puissants, ils me font mal, attrapent mes côtes, comme s'il voulait me soulever. Il se penche vers moi et se met à m'embrasser. Mais ce n'est pas comme un premier baiser, c'est comme un baiser qui a déjà commencé, poussé, dur, avec sa langue qui appuie contre mes lèvres serrées, tout se passe très vite. Je pense *c'est ce que je veux, non? C'est bien ce que je veux: être embrassée?* Car je n'arrive pas à me rappeler qui je suis, ni qui est Cameron. Mais je sais que je dois l'embrasser, moi aussi. C'est ce qu'il faut faire: embrasser à son tour. Je glousse, je tremble et une sensation étrange me submerge, comme si des parties de mon corps s'engourdissaient. Mes orteils et mes doigts se glacent. Est-ce la panique ? Pourtant, je rends son baiser à Cameron. Je ne veux pas qu'il sache à quel point j'ai peur et manque d'expérience. Sa bouche est chaude et charnue, ses mains dures, habiles se promènent partout sur moi. L'image soudaine et bizarre de mon frère Todd me vient à l'esprit, quand il soulève des poids sur son tapis de sport, soufflant et haletant, le visage couvert d'une pellicule huileuse de sueur. Si on parle à Todd à ce moment-là, il n'entend pas, il est entièrement concentré sur son physique. Cameron est exactement comme ça. Mon corps n'arrive pas à savoir s'il est chatouillé, caressé, ou... si c'est quelque chose d'autre, qui n'est pas forcément agréable.

– Ca-Cameron ? On pourrait peu... peut-être...

– Relaxe, baby. Tu es tellement sexy, tu es fantastique !

Ce n'est pas la première fois qu'on m'embrasse, pas exactement. Mais c'est la première fois que ça m'arrive avec un type plus vieux que moi, un type qui a de l'expérience. Quelqu'un que je ne connais pas et qui m'appelle « baby », comme s'il avait oublié mon nom. Il soulève mon top, touche mes seins, qui sont particulièrement chatouilleux, je glousse et n'arrive pas à reprendre mon souffle, le visage de Cameron dégage de la chaleur comme s'il avait couru à perdre haleine, et je me demande *est-ce que je veux faire ça, est-ce que c'est ce que je veux?* J'essaie de me rappeler ce qu'on m'a dit à propos des rapports sexuels protégés, et je pense *rapports sexuels protégés?* Mais est-ce que c'est ça les... rapports sexuels?

– Cameron, je crois que je ne veux pas...

– Allons, baby. Tu sais bien que si.

Je suis paniquée, mais excitée aussi. Je crois que c'est ce que je ressens: de l'excitation. Je ne pense pas que je sois encore ivre. Mais j'ai l'estomac barbouillé, nauséeux. Mes cheveux me tombent dans la figure – ma queue-de-cheval a dû se défaire. Cameron me les tire. Il m'embrasse de nouveau. C'est comme si sa bouche me rongeait. J'essaie de le repousser, mais il ne bouge pas. Tout arrive trop vite: j'ai l'impression de couler sous l'eau, de reprendre ma respiration, puis de boire la tasse, et soudain de paniquer, de battre l'air avec mes bras, et de lutter pour la vie.

Cameron me couche sur quelque chose. Ce n'est pas un lit, ni un divan, on dirait une table, dont le bord dur m'entre dans la cuisse. Il m'appelle toujours «baby», mais son ton n'est plus aussi aimable. On dirait qu'il amadoue un animal jusqu'à ce qu'il vienne vers lui, pour lui faire du mal. Et il se conduit comme s'il avait été floué. Comme si je m'étais moquée de lui. Il m'immobilise, ouvre sa braguette, me tripote, halète, tire sur mon short sans craindre de le déchirer. Je voudrais crier mais son avant-bras pèse sur ma gorge.

– Toi alors ! Arrête tes simagrées, espèce de petite...

Je me débats violemment. J'essaie de crier. Je ne sais pas quoi faire.

Puis, soudain, je sais. C'est comme un combat. Je lève vigoureusement mon genou. Je frappe le type en plein dans le bas-ventre. Il pousse un cri étranglé et devient tout mou – c'est immédiat. Je lui dis :

– Laisse-moi ! Va-t'en !

Je suis toujours sur le dos, mais je donne des coups de pied dans tous les sens. On dirait que je me propulse dans une piscine grâce à la seule force de mes jambes, force dont je ne manque pas grâce à des années de natation et de course à pied. Sous mon air fragile, j'ai le ressort et l'élasticité d'un chat. Cameron pèse sur moi de tout son poids, mais je parviens à me dégager en me glissant par en dessous. Je le frappe autant que je peux, je le mords même avec mes dents. Mes dents !

J'ai l'impression que là, Cameron commence à avoir peur. Il grogne et me maudit, en se tenant tendrement l'entrejambe. Il me regarde fixement et me dit :

– Toi, t'es z-zarbie ! Si tu voyais tes yeux ! Zarbie les Yeux Verts ! T'es complètement cinglée !

J'éclate d'un rire farouche. C'est comme si ce type avait vu en moi.

Je suis débarrassée de lui maintenant, et je cours. Je sors de la pièce, longe un couloir, dépasse des fougères en pots, des masques indiens accrochés à un mur, je suis comme un animal sauvage qui cherche une issue, enfin voilà une porte, et soudain je suis dehors, dans l'air frais de la nuit, sauvée !

Il fait noir et brumeux, je sens l'odeur de Puget Sound et je respire l'air à grands coups, comme si j'avais failli me noyer.

Mais je suis SAINE ET SAUVE.

Je cours vite. J'aime courir presque autant que nager. Je file donc à la maison sur la route qui suit la côte, en essayant d'éviter la circulation, mes cheveux dénoués flottant dans le dos. Les gens qui passent en voiture doivent me prendre pour une folle. Mais je me sens si bien ! Contrairement à ce qu'on pourrait attendre, je ne pense même pas *mon Dieu, j'ai failli me faire violer,* mais *comme je suis heureuse !* et *comme j'ai eu de la chance !* Ma mère m'avait dit qu'à mon âge elle avait eu plus de chance que d'intelligence, alors que moi, je pense que j'ai eu les deux à la fois. Je me suis battue contre mon agresseur, et il n'a pas pu prendre le dessus. Je lui ai envoyé mon genou dans le bas-ventre, je lui ai donné des coups de pied et je l'ai frappé. Je me suis enfuie. Je n'ai même pas eu le temps d'avoir peur. C'était une brute et un lâche. Maintenant, je suis sûre qu'il ne doit pas en mener large à l'idée que je puisse raconter ce qui s'est passé à mes parents, et à la pensée des sérieux ennuis qu'il risque d'avoir.

Eh bien, je ne dirai rien. Il me suffit de lui avoir échappé.

ZARBIE LES YEUX VERTS, il m'avait appelée.

ZARBIE LES YEUX VERTS m'a sauvé la vie.

La célébration : 18 avril. 2

La bonne nouvelle était que le contrat de papa avec la chaîne de télévision avait été signé.

La moins bonne nouvelle était que mam n'était pas là pour fêter l'événement avec nous, comme les autres fois.

Papa nous dit :

– J'ai travaillé dur pour ça, et je pense que je le mérite. Je suis vraiment content ! J'ai eu de la chance ! Et vous les enfants...

Nous adorions notre père quand il était ainsi, quand il nous étreignait si fort qu'il faisait presque craquer nos côtes.

– Enfin, ce que je veux dire, c'est... que la seule chose qui compte, c'est la famille. La famille d'un homme est son honneur. C'est beaucoup plus important pour lui qu'une renommée internationale.

L'important, c'est la façon dont le monde le connaît. Sa dignité, sa fierté. Nous, les Pierson, nous nous aimons les uns les autres, nous nous serrons les coudes, pas vrai ? Nous formons une véritable équipe.

Mon père parlait de sa voix chaude et vibrante, comme il le faisait à la télé lorsqu'un athlète ou une équipe avait réussi quelque chose de formidable. En tant qu'ancienne star du foot, Reid Pierson s'identifiait aux sportifs mieux qu'aucun autre journaliste. Son air de beau garçon au visage buriné et son sourire à cent mille watts en avaient fait l'un des présentateurs sportifs préférés du public. Quand nous le voyions sur le petit écran, il nous paraissait absolument incroyable que *ce soit notre père*.

Pour mes dix ans, j'avais eu un anniversaire fantastique : papa couvrait un match en Floride, et mam avait fait un grand saladier de pop-corn chaud sauté dans le beurre. Mon grand frère Todd, ma petite sœur Samantha et moi étions assis avec notre mère dans le salon pour regarder l'émission. Reid Pierson était apparu, avec son beau visage rayonnant de joie. Soudain, juste avant une page publicitaire, il avait fait un clin d'œil à la caméra et lancé : « Joyeux anniversaire, Franky ! » – très vite, au point que probablement personne d'autre que nous ne l'avait entendu.

Joyeux anniversaire, Franky !

J'étais fière, bien sûr. C'est humain. J'aurais aimé que papa soit à la maison pour mon anniversaire, mais c'était une assez jolie compensation que Reid Pierson soit mon père, qu'il puisse me faire un clin d'œil à la télé et m'adresser ses vœux.

Papa aimait les célébrations. Il prenait plaisir à fêter ce qu'il appelait les Super Bonnes Nouvelles. Il y avait toujours une Célébration de Bonne Nouvelle à la maison. Un énorme repas chinois, par exemple. Papa adorait commander par téléphone assez de nourriture pour une douzaine de personnes, et si maman était dans la pièce, elle riait (parfois avec un peu d'inquiétude) et protestait: « Oh, chéri, qui va manger tout ça ? »

Aujourd'hui, mam n'était pas avec nous. Je savais que papa était furax, je les avais entendus en « discuter » le matin même. Il devait savoir que la bonne nouvelle était imminente, bien qu'il ne nous ait rien dit (car dans le milieu des relations publiques et des médias, on est tenu au secret jusqu'à ce que certains faits soient annoncés au grand jour), il n'avait donc pas apprécié du tout que mam se rende à la Foire d'art et d'artisanat de Santa Barbara, en Californie. Ce n'était pas seulement le fait que mam soit absente de notre Célébration de Bonne Nouvelle qui le gênait, mais il désapprouvait que sa femme fréquente des gens « bohèmes », qu'il qualifiait de « femmes ménopausées» et de «gays», deux catégories d'êtres humains méprisables à ses yeux.

Je savais que mon père avait fait pression sur mam pour qu'elle renonce à son voyage, comme au mois de janvier dernier, lorsqu'elle avait voulu se rendre à Vancouver. Cette fois-là, il n'y avait pas de bonne nouvelle à fêter, mais il voulait simplement qu'elle soit là pendant le week-end. Il voyageait tellement pour ses reportages à la télé, disait-il, qu'il comptait sur ma mère pour qu'elle soit à la maison quand lui-même y était.

– Chérie, c'est mon travail qui nous permet d'avoir un mode de vie aussi agréable. Et c'est une façon de vivre qui te plaît, n'est-ce pas?

Mam avait répondu rapidement:

– Reid, tu sais bien que oui. Bien sûr, je...

– Je peux quand même espérer un soutien affectif de la part de ma femme, c'est la moindre des choses, non?

– Oui, Reid, tu as raison.

– Est-ce que j'ai raison «avec un baiser»?

C'était l'un des trucs préférés de papa, qu'il nous faisait à tous. Il fallait rire avec lui, il ne suffisait pas d'être d'accord (même quand il n'avait pas raison à cent pour cent), et il fallait aussi l'embrasser sur la joue.

Mam avait cédé en riant. La plupart du temps, papa était si amusant qu'on lui passait tout.

On pourrait penser qu'il nous emmenait en voyage avec lui, mais ce n'était pas le cas. En dehors de deux ou trois semaines pour les vacances d'été. Car il était si occupé, la concurrence à la télévision si acharnée – un vrai coupe-gorge, disait-il en passant son index en travers de sa gorge avec un certain entrain, comme s'il aimait sentir le fil d'un rasoir invisible sur sa peau – qu'il n'avait pas beaucoup de temps pour lui. C'est pourquoi il était toujours de mauvaise humeur lorsque mam nous emmenait, Samantha et moi, voir nos grands-parents à Portland, même pour deux ou trois jours. (Il avait dû se passer quelque chose entre papa et les Connor, car la famille de ma mère ne nous rendait presque jamais visite à Seattle. Personne n'était jamais invité chez nous, à l'exception parfois d'amis ou de relations professionnelles de notre père.) Je pense que papa était vieux jeu, au fond, et il n'aimait pas que les membres de sa famille voyagent loin. Ainsi, lorsque la sœur aînée de mam, Vicky, avait été hospitalisée à cause d'une dysenterie à Mexico, il y a deux ou trois ans, papa avait dit :

– Tu vois ce qui arrive quand on quitte les États-Unis ? Surtout quand on est une vieille fille solitaire !

Papa plaisantait mais, comme toujours, à moitié seulement. Je demandai à mon frère Todd pourquoi le fait que mam s'en aille quelques jours posait autant de problèmes.

– Ce n'est pas comme si elle s'envolait sur la lune, lui dis-je, elle va revenir très vite.

Mais, en cas de désaccord, Todd était toujours du côté de papa. Il répondit, d'un air supérieur de grand frère :

– Parce que papa veut que mam soit à la maison.

Comme s'il n'y avait rien de plus simple.

Quoi qu'il en soit, ce matin-là, mam était partie pour Santa Barbara. Pendant la Célébration de la Bonne Nouvelle, elle était à plus de mille cinq cents kilomètres au sud de Seattle. Lorsqu'elle téléphona à la maison, elle dit, d'une petite voix coupable comme une méchante petite fille :

– C'est l'été, ici, ça paraît incroyable, non ? L'océan est étincelant, c'est magnifique. Je suis allée marcher pieds nus sur la plage...

Ici il faisait froid, il y avait de la brume et tout semblait recouvert d'une membrane visqueuse, d'un gris champignon. Temps typique du nord-ouest du Pacifique.

J'aimais beaucoup les Célébrations de Bonnes Nouvelles de papa. Mais je ne pus m'empêcher de regretter que mam ne m'ait pas emmenée avec elle.

Juste cette fois ! A la Foire d'art et d'artisanat de Santa Barbara. D'où l'on peut s'échapper pour marcher pieds nus sur la plage... Au téléphone, mam m'avait demandé d'une voix hésitante :

– Francesca, s'il te plaît, dis bonjour à ton père pour moi, et embrasse-le de ma part, tu veux bien ? Je n'arrive pas à le joindre ni au bureau ni sur son téléphone portable. Il déteste les e-mails en dehors du travail. Mais il sait à quel point je suis fière de lui… Francesca ?

– Bien sûr, maman. Je lui dirai.

Il y avait quelque chose d'étrange dans cette conversation. Je n'avais pas voulu y faire trop attention à ce moment-là. Un imperceptible tremblement dans sa voix. *Comme si elle m'implorait. Pourquoi ?*

– Je t'embrasse, ma chérie.

– Je t'embrasse, mam.

C'était la façon habituelle dont on se quittait avant de raccrocher. Nous avions vraiment du mal, mam et moi, à faire passer notre affection dans ces mots, même quand nous le voulions. Il fallait qu'on ait l'air de plaisanter, qu'on les dise avec désinvolture.

Lorsque j'essayai de rapporter le message de mam à mon père, ce soir-là, il me fit signe de me taire.

– Pas d'hypocrisie, Fran-ces-ca. Maintenant que ta mère est absente de cette maison, laisse entrer un peu de sincérité, s'il te plaît.

D'habitude, papa m'appelait Franky. Quand il disait Fran-ces-ca en appuyant sur chaque syllabe, cela signifiait qu'il se moquait de mam, qui m'appelait Francesca et jamais Franky.

Todd l'entendit et se mit à ricaner. Il savait ce que papa faisait.

Samantha aussi l'entendit et elle se contenta de nous regarder les uns après les autres. Trop jeune pour saisir les courants sous-jacents des manigances familiales, elle ne comprenait pas bien ce qui se passait.

(Et moi, à quoi est-ce que je pensais ? J'essayais de ne pas penser. Si je riais avec mon père, je trahissais mam. Si je fronçais les sourcils, cela montrerait à papa que je n'approuvais pas son sens de l'humour. Je restai donc neutre, aussi impassible qu'une pierre.)

Je me taisais. Et Samantha aussi. Papa était dans une de ses humeurs fantasques, qui pouvaient changer d'un moment à l'autre. Comme ces effrayants feux éclairs que l'on voit à la télé quand le vent californien de Santa Ana souffle et cause des ravages, faisant brûler des maisons et des milliers d'hectares de forêts.

Todd, qui était revenu de l'université pour le week-end, sauva la situation.

– Au fait, papa, félicitations ! Un des types de l'équipe m'a montré l'article sur toi dans le *USA Today*. C'est super !

Todd avait découpé le passage, qu'on lut avec impatience, Samantha et moi. Papa nous montra également la nouvelle dans le *Seattle Times*, le quotidien du matin :

Le reporter sportif, Reid Pierson, très populaire chez les téléspectateurs, vient de signer un contrat de cinq ans avec la chaîne CBS pour un salaire dont son agent dit qu'il est «appréciable mais n'a rien d'excessif, quand on connaît la valeur de Reid Pierson». Pierson sera un pivot de l'équipe de commentateurs qui couvrira les jeux Olympiques l'été prochain.

Papa lança joyeusement:

– Tout est possible, les enfants! Vous pouvez venir avec moi.

Lorsque j'étais plus jeune, je croyais que papa m'emmènerait avec lui en voyage. Samantha y croyait peut-être encore – elle n'avait que dix ans. Mais Todd et moi, nous avions compris que c'était simplement sa façon de se montrer généreux avec nous. Il ne fallait pas prendre ses paroles au pied de la lettre.

A moins que ce soit différent, cette fois?

– Si on commençait ce somptueux repas! Franky?

Comme d'habitude, mon père avait commandé à manger pour un régiment. Il avait grandi, racontait-il souvent, «avec la faim au ventre» – ce qui signifiait, j'imagine, que sa vie de famille près du lac Moose, dans l'État de Washington, n'avait pas été très heureuse, et qu'il entendait rattraper le temps perdu.

Mam étant partie, c'est moi qui étais chargée de la cuisine. Il s'agissait surtout de réchauffer les plats au micro-ondes. Samantha m'aida à servir les mets fumants, tandis que nous nous amusions à jouer les serveuses. Si mam avait été là, elle aurait apporté les plats les uns après les autres, mais papa voulut qu'on les mette tous sur la table en même temps, pour mieux les voir : canard laqué, riz aux crevettes frites, nouilles au sésame, poulet mariné aux épices, bœuf sauce à l'ail, porc à la mode de Szechwan, poulet au citron, Crevettes Famille Heureuse, ainsi que du riz complet et un grand plat de légumes d'Orient. Samantha et moi avions du thé de Chine (que nous détestions à cause de son goût de jus de chaussettes) tandis que papa et Todd buvaient de la bière chinoise. Ce fut un moment de fête, mais un peu tendu, aussi.

Nous quatre seulement en train de dîner ensemble dans la salle de séjour, sans maman, ça n'allait pas. Et papa y faisait sans cesse allusion d'une voix sarcastique.

– Des Crevettes Famille Heureuse. Eh bien, c'est ce que nous croyons.

Rabbit, notre jack russel terrier, était enfermé dans une autre partie de la maison, et on l'entendait gémir de temps en temps. Pauvre Rabbit ! Lorsque mam n'était pas là, il n'avait pas le droit de venir avec nous. C'était surtout son chien à elle, bien qu'on y fût très attachées, Samantha et moi. Je ne sais pas pourquoi, papa n'avait jamais aimé Rabbit. Il disait qu'il lui tapait sur les nerfs, aussi fallait-il le garder loin de nous dès que papa était à la maison. (Je m'attendais à ce qu'il demande quel était ce bruit, tandis que Rabbit grattait et gémissait, et à ce qu'il déverse ses sarcasmes sur mam qui n'avait pas emmené son précieux animal avec elle, mais il ne dit rien.)

Comme toujours, quand nous mangions dans la salle de séjour, papa avait allumé la télé pour regarder les sports avec Todd. Il y avait de la boxe sur la chaîne de sport retransmise sur notre écran géant qui occupait la moitié d'un mur. Heureusement pour Rabbit, le son couvrit ses gémissements.

– Ouah ! Regardez !

Deux jeunes poids légers aux muscles tendus se bourraient de coups. Le premier était un Noir à la peau claire, l'air féroce, l'autre était un Hispanique avec un œil salement amoché. C'était bizarre de voir ces deux hommes se battre farouchement, alors que nous étions assis là, en train de manger notre repas chinois. Papa monta le volume, et le rugissement de la foule emplit la pièce.

Si mam avait été là, elle n'aurait pas apprécié. Un autre sport, peut-être, du basket ou du base-ball, mais pas la boxe. Il était inhabituel que papa regarde la boxe à la télé, car il ne couvrait pas ce genre de matchs, ça ne faisait pas partie des sports de Reid Pierson. En outre, il détestait écouter les commentateurs sportifs d'émissions concurrentes, surtout lorsque ce n'étaient pas d'anciens athlètes. Il les traitait de « charlatans », d'« hypocrites », qui n'avaient pas gagné leur travail à la sueur de leur front comme lui.

Papa s'exclama, tout excité :

– Ça devient un vrai combat ! Ces boxeurs sont peut-être des poids légers, mais ils ont des cœurs de poids lourds. Vous savez ce que c'est que d'avoir du cœur, les filles ?

Pas besoin de demander à Todd. Athlète lui-même, avec son mètre quatre-vingt-deux et plus de quatre-vingt-dix kilos, il était évident que Todd le savait.

Samantha, bien sûr, resta perplexe. Elle jouait avec sa nourriture, et hocha négativement la tête.

– Non, papa…

Je répondis avec la combativité de Zarbie :

– Avoir du cœur, ça veut dire avoir du courage. On dit qu'un athlète a du cœur quand il n'abandonne pas, quelle que soit la gravité de ses blessures.

Notre coach à Forrester nous disait toujours : « Soyez agressives ! »

Zarbie les Yeux Verts était d'un naturel agressif. Mais elle hésitait parfois à le montrer.

En tout cas, ma réponse eut l'heur de plaire à mon père. En tant que vedette de football américain dans l'équipe des Seahawks, il avait prouvé plus d'une fois qu'il avait du cœur. Un jour, on l'avait sorti du terrain en train de se tordre de douleur à cause d'une déchirure du mollet.

– Tu as raison, Franky. Sauf que c'est valable au féminin aussi. Une athlète femme peut également avoir du cœur. Tout comme elle peut craquer sous la pression et laisser tomber son équipe. Il n'y a pas que les hommes qui aient la possibilité d'être des héros ou des lâches, mon ange. Les femmes aussi.

La véhémence avec laquelle il avait parlé montrait qu'il donnait un sens plus profond à ses paroles: *laisser tomber son équipe, laisser tomber sa famille. Ça revient au même.*

Zarbie se manifesta aussitôt en moi, voulant prendre la défense de mam. («Hé! Mam n'est pas lâche! ») Mais les mots s'étouffèrent dans ma gorge. Nous fêtions la Bonne Nouvelle de papa. C'était un dîner en son honneur. Et peut-être, peut-être aussi, avais-je un peu peur de mon père.

En tout cas, je savais ce que c'était que d'«avoir du cœur». Donner tout ce qu'on a et plus encore. Je pratiquais des sports moi-même: football, athlétisme, natation et plongeon. Je pense que j'étais une bonne nageuse, une plongeuse imprévisible, parfois excellente, et parfois pas tant que ça. Notre coach à Forrester m'avait dit que, le temps d'arriver en terminale, je serais l'une des meilleures. Si je continuais à m'entraîner.

J'adorais le sport quand j'étais plus jeune. J'imagine que tout est plus facile au début. Lorsqu'on arrive au lycée, le plus important, c'est de faire partie d'une équipe. Je nageais et plongeais parfois jusqu'à l'épuisement, car je voulais qu'un jour mon père soit fier de moi. Mam me conseillait toujours ne pas trop en faire – mais qu'est-ce qu'elle en savait, elle ?

Papa était en train de dire :

– Sam-Sam. Tu comprends, n'est-ce pas ? L'important, c'est d'avoir du cœur.

Samantha hocha rapidement la tête.

– Oui, papa.

Elle n'avait probablement pas suivi le sujet de la conversation. C'était une petite fille de dix ans, douce, timide, avec de beaux yeux sombres, et que personne ne traiterait jamais de *Zarbie*. Cependant, elle avait été plus calme que d'habitude, pendant le dîner. Je pense que mam lui manquait et qu'elle s'inquiétait pour le pauvre Rabbit qui gémissait, tout seul, dans une autre partie de la maison.

Papa nous pressait de reprendre de cette « délicieuse nourriture ». Samantha protesta faiblement, mais il l'ignora, piqua des morceaux de viande ou de poisson au bout de sa fourchette et les mit dans l'assiette de ma sœur. Il y avait tellement de riz frit aux crevettes et de nouilles au sésame complètement froids et figés dans leur graisse que j'espérai que papa ne me forcerait pas à manger davantage – je sentais que j'allais avoir des haut-le-cœur. Comme d'habitude, Todd avait un sérieux appétit. Il faisait de la musculation plusieurs heures par jour, et avait besoin d'hydrates de carbone, ainsi que de protéines pour fabriquer ses muscles. Mais moi, j'étais difficile, et Samantha ne mangeait jamais beaucoup à la fois. J'avais cru avoir assez faim en m'asseyant à table, mais les spécialités chinoises, sirupeuses et gluantes, m'avaient vite rassasiée.

– C'est notre repas de fête, les filles. Votre mère n'a pas pu le préparer, mais on s'en est bien sortis quand même, non ? On ne va rien gâcher, c'est trop bon !

J'avais envie de demander si on ne pourrait pas en garder pour le lendemain, le surlendemain et le jour suivant, mais je me retins : papa n'appréciait pas les remarques trop judicieuses, genre « mademoiselle je-sais-tout ». Je me contentai donc de dire :

– Ce que je préfère, c'est les champignons noirs.

Et j'en pris une autre part que je versai sur un petit tas de riz complet. Samantha, qui était plus lente et moins maligne, regarda avec désarroi le plat que papa poussait devant elle. Comme elle hésitait, en se mordant la lèvre, il remplit son assiette de porc sucré de Szechwan, et de poulet au citron, encore plus sirupeux, qui ressemblait à de la viande confite. Samantha était au bord des larmes.

Todd ignorait d'habitude ses deux sœurs, mais il sembla prendre Samantha en pitié et détourna l'attention de notre père sur le match de boxe.

– Regarde, papa ! Ouah !

Le boxeur noir bourrait son adversaire de coups, le forçant à traverser le ring à reculons. Soudain, le boxeur hispanique tomba à la renverse sur le sol brillamment éclairé. L'arbitre, debout au-dessus de lui, comptait dans un silence sinistre et irréel : papa avait baissé le volume.

– On dirait bien un *knock-out*. C'est du bon travail, remarqua-t-il.

Tandis que papa regardait l'écran, je commençai à débarrasser certaines assiettes. J'emportai adroitement celle de Samantha avec les autres dans la cuisine sans que notre père s'en aperçoive.

Je fis couler de l'eau dans l'évier pour rincer les assiettes avant de les mettre dans le lave-vaisselle. Je profitai de ce que j'étais sortie de la salle à manger pour courir jeter un coup d'œil à Rabbit, qui devenait fou de solitude dans ma chambre.

– Pauvre Rabbit ! Je suis vraiment désolée pour toi. Mais tu vas bientôt sortir, je te le promets. (Avant le dîner, j'avais entendu papa faire des projets pour la soirée sur son portable, et je savais qu'il sortirait boire un verre un peu plus tard.) Rabbit me lécha les mains en remuant frénétiquement la queue. Je pensai à la triste condition des chiens, animal trop stupide pour comprendre que la personne qu'il préfère au monde, ma mère en l'occurrence, allait vraiment revenir le voir.

Pour être complet, le repas de fête de papa devait se terminer par des petits gâteaux chinois et de la glace. Des bols pleins à ras bord de glace marbrée au chocolat fondant et au biscuit. Comme je revenais dans la salle à manger en portant les bols sur un plateau, le téléphone sonna. C'était sûrement mam.

Nous attendîmes que papa réponde. Todd se grattait nerveusement le cou. Mais notre père ignora la sonnerie du téléphone, les yeux fixés sur le téléviseur où repassaient des ralentis du *knock-out*. Finalement, au bout de trois ou quatre sonneries, je fis un geste pour décrocher, mais papa me fit non du doigt, sans se retourner.

– Fran-ces-ca. Où sont tes bonnes manières ? Pas d'appels téléphoniques pendant les repas.

– Mais, papa, c'est peut-être…

– C'est peut-être mam.

Samantha et moi avions parlé d'une seule voix.

Papa serra les mâchoires d'une façon qui signifiait

que la discussion était close. Il ne dit rien, continua à regarder la télé tandis que le téléphone sonnait encore une fois, puis il bascula l'appel sur la boîte vocale, et on n'entendit plus rien.

Je me sentais anxieuse, nerveuse. Je savais que c'était mam. Je me demandais ce qu'elle pouvait bien penser, quel message elle allait laisser. («Désolée de ne pas vous trouver. Vous êtes peut-être allés dîner à la Maison Ming? Bon, je réessaierai plus tard. Je vous embrasse.»)

J'attendais que l'émission de boxe finisse, mais des images du match repassaient sans arrêt, filmées sous différents angles, y compris d'en haut. Le boxeur hispanique avait l'œil droit si gonflé qu'il ne pouvait l'ouvrir, et son visage était luisant de sang. C'était horrible. Les gros plans ne font pas de cadeau. Non seulement ce boxeur de vingt-deux ans était blessé, mais en plus on l'humiliait.

Samantha regardait fixement le téléphone. Elle n'avait pas l'air de se sentir très bien.

Soudain, Todd dit:

– Papa, et si je faisais de la boxe? Dans un sport d'équipe, il y a trop de types qui se mettent en travers!

– Toi? Boxer? Tu es trop lent, mon fils. Tu es bâti pour jouer au football américain, comme ton père.

– Je croyais que tu avais dit que j'étais un poids lourd...

– Mais tu n'en as pas la capacité, Todd. Ni les réflexes, ni l'énergie. Ces boxeurs ont soif de gagner... ce sont des tueurs. Tu as eu une vie trop douce. Tu es un petit Blanc des beaux quartiers.

C'était bien le genre de papa de s'en prendre à nous tout d'un coup, comme si jusque-là il avait joué une sorte de jeu en faisant semblant de penser que nous étions super. La façon dont il dit « petit Blanc des beaux quartiers » me fit frissonner.

– De toute façon, poursuivit-il, tu es trop vieux pour suivre un entraînement de boxeur.

– Mais papa, je n'ai que vingt ans !

– C'est bien ce que je dis, trop vieux. Les boxeurs commencent à s'entraîner à quatorze, quinze ans. Ou même avant.

– Je pourrais apprendre, dit Todd avec obstination. Je parie que j'y arriverais.

Il valait mieux ne pas discuter avec papa, de quelque sujet que ce soit, mais s'il y en avait un qu'il fallait à tout prix éviter, c'était bien le sport. Je ne sais pas pourquoi Todd insistait. Papa répliqua :

– Tu n'as pas l'instinct du tueur, Todd. Même des boxeurs médiocres doivent l'avoir. Pour le football, c'est différent. Les gars forment une équipe. Comme des frères.

Sa voix prit un ton troublant, légèrement railleur :

– Fondamentalement, le football est un jeu.

Plus tard, je me poserais des questions sur cette remarque. Mon père n'adorait-il pas le football, n'était-ce pas toute sa vie ? Or, à présent, il semblait le mépriser en ne le considérant que comme un simple jeu.

Todd avala une grande gorgée de bière. Il était rouge et faisait la tête. Papa s'en aperçut, éclata de rire et tâta le biceps gauche de Todd d'un air approbateur.

– Tu es en grande forme, fils. Je suis fier de toi. Cet automne, il va se passer des choses dans ta vie, je te le dis.

– Sûrement, papa, marmonna Todd.

– La boxe, c'est pas pour les gars de Yarrow Heights. Je ne te permettrais pas de mettre les pieds sur un ring. Et tu sais pourquoi ?

Todd haussa les épaules.

– Pourquoi ?

– Parce que je suis ton père et que je t'aime.

Parce que je suis ton père et que je t'aime.

Papa se tourna vers Samantha et moi, qui regardions dans le vague, l'air mélancolique.

– Franky, ma fille, et toi, Sam-Sam : votre papa vous aime aussi. Quand vous êtes gentilles, pas quand vous êtes méchantes.

Je gloussai en même temps que Samantha, comme s'il nous avait chatouillées. J'avais presque l'impression de sentir les doigts puissants de papa courir sur mes côtes, me faisant hurler de rire.

Comme notre père ne nous avait plus corrigées, ni l'une ni l'autre, depuis un moment, on pouvait presque oublier que ça nous était arrivé.

Les biscuits surprises ! Un par un, nous les ouvrîmes pour lire à haute voix la bonne fortune qui nous attendait sur les petits billets qu'ils contenaient. Papa écoutait.

Todd commença le premier. D'une voix nasale et aiguë pour se moquer de l'accent chinois, il lut :

– « Quelqu'un qui vous admire attend d'être découvert. »

Il haussa les épaules, feignant l'indifférence.

– Ça, c'est cool.

Papa déclara, en mimant la sagesse orientale :

– Le temps le dira !

Samantha ouvrit son beignet et regarda du coin de l'œil la petite phrase imprimée en rouge : « Vous apportez partout joie et contentement. » Elle baissa timidement la tête.

– C'est bien notre Sam-Sam, approuva papa. Quelqu'un doit savoir qu'il s'agit de toi.

Mon billet disait : « Un esprit calme rétablit le calme. »

D'une voix plus forte, je lus à nouveau :

– « Un esprit calme rétablit le calme. »

Tu parles d'une chance !

Mon père dit sévèrement :

– Mais c'est une devise très sage. Quelqu'un doit savoir qu'il s'agit de toi, Fran-ces-ca.

Qu'est-ce que ça signifiait ? Est-ce que papa me considérait comme quelqu'un qui semait le trouble ? Pendant un moment de paranoïa, je me demandai si ce n'était pas lui qui avait planté ce billet dans mon biscuit pour me rabrouer. Peut-être sentait-il Zarbie les Yeux Verts bouillonner dans mon cœur ? *Il savait qu'il ne pouvait pas contrôler Zarbie.*

Il fallait voir la façon dont il me dévisageait, comme si je n'étais pas sa fille, mais une effrontée aux cheveux roux qu'il n'avait jamais vue !

« Zarbie n'est pas réelle, avais-je envie de lui dire. Ce n'est qu'une idée. »

Papa ouvrit son biscuit en dernier, et lut sa devise d'une voix retentissante de reporter télé :

– « Vous allez traverser une vaste étendue d'eau. » Il s'arrêta, réfléchissant à ce que cela pouvait signifier. Puis il sourit. Mais bien sûr : l'océan Pacifique ! Et l'Atlantique. Couverture internationale par Reid Pierson et ses associés. Parfait !

Je vis un gâteau solitaire qui restait sur l'assiette. Celui de mam.

D'habitude la commande que nous passions à la

Maison Ming était pour cinq, et ils avaient envoyé cinq biscuits surprises.

Samantha le désigna naïvement du doigt dès qu'elle l'aperçut.

– C'est celui de mam. On pourrait le lui mettre de côté.

Papa s'empara aussitôt du gâteau. Il faisait un effort pour sourire.

– Non, Sam-Sam. En l'absence de votre mère, un émissaire va lire sa devise pour elle.

Papa déchira l'emballage de Cellophane, ouvrit le biscuit en deux, en sortit le petit billet et le lut, de sa voix de reporter télé :

– « Vous allez traverser une vaste étendue d'eau. »

Il y eut une pause. Todd et moi échangeâmes un rapide coup d'œil, le premier signe de connivence que nous ayons eu depuis longtemps. Une étrange expression apparut sur le visage de notre père, comme s'il avait été insulté, ou peut-être tout simplement l'objet d'une plaisanterie... Des spectateurs l'observaient attentivement pour voir comment il allait réagir. Il rit.

– Eh bien, c'est une coïncidence. Le devin devait être à court d'idées originales, on est en pleine rediffusion. Votre mère et moi avons la même chance, semble-t-il. Mais nous n'aurons pas le même avenir.

Papa divisa le biscuit en plusieurs morceaux et le mâcha lentement.

Nous avons tous mangé nos gâteaux, qui étaient légèrement rassis et n'avaient pas beaucoup de goût.

La dispute : 5 mai . 3

Il va se passer quelque chose.

Le pire qu'on puisse se dire, quand on pense à ses parents, c'est : « Il s'est déjà passé quelque chose. Mais quoi ? »

Cette nuit-là. Couchée dans mon lit, éveillée, j'écoute.

Non. Je n'écoute pas. C'est le tonnerre, la pluie battante. Mêlés à des rêves.

Dans une autre partie de la maison. Étouffée par les murs. Une voix s'élève. Celle de mon père. Maîtrisée, raisonnable : « Pourquoi est-ce que tu ne peux pas ? Pourquoi est-ce que tu ne veux pas ? Je te préviens... » Les mots sont indistincts, mais leur rythme ne trompe pas.

La deuxième voix, plus faible. Haut perchée. Une voix de femme. Elle m'inspire du mépris. La voix la plus grave gronde par-dessus, l'anéantit. Comme le tonnerre qui gronde dans le ciel.

Je suis éveillée, assise dans mon lit. Je donne un coup de pied dans les couvertures. Ce n'était rien, juste un orage. A présent, la pluie fouette ma fenêtre. Là où je l'ai laissée entrouverte, des gouttes d'eau entrent à l'intérieur, mouillant les papiers éparpillés sur mon bureau.

Ce n'était rien, juste un orage.

Dans le miroir de la salle de bains, Zarbie les Yeux Verts me lance un regard noir. J'ai une envie folle de griffer ces yeux.

Le lendemain matin, Samantha vint timidement dans ma chambre. Je la regardai, surprise. En général, on n'entre pas dans ma chambre à cette heure-là. Je suis à moitié habillée, en train de brosser mes cheveux rebelles.

– Franky? Je les ai entendus de nouveau cette nuit. Je n'ai pas pu dormir.

Samantha m'observait anxieusement. Je voyais trembler ses paupières. J'aurais voulu l'embrasser, vite. Cacher mon visage dans ses cheveux, pour qu'elle ne puisse pas le voir.

En même temps, je ne pouvais pas lui montrer que

j'étais inquiète. Elle m'avait déjà posé des questions sur nos parents, après le week-end de mam à Santa Barbara, et je lui avais toujours dit qu'il n'y avait rien de grave, sûrement rien de grave, tu sais comment est papa, il a mauvais caractère, mais sa colère retombe vite, papa va embrasser mam et ils vont se réconcilier, papa nous aime. A présent, à la façon dont Samantha me regardait, je compris que je devais être très prudente. Je profitai de l'occasion pour brosser ses cheveux, qui en avaient bien besoin. Je lui dis :

– Je ne crois pas avoir entendu quoi que ce soit, Samantha, non, je ne crois pas. C'était sûrement un rêve.

Je m'arrêtai, en réfléchissant. « Ou peut-être le tonnerre. Il y a eu un orage la nuit dernière. »

Le brouillard matinal collait aux fenêtres. On pouvait voir quelques arbres verts, et le lac Washington flou et miroitant dans la brume, mais rien de plus. Samantha protesta lorsque ma brosse à cheveux se prit dans un nœud.

– Franky, je sais ce que c'est qu'un rêve ! Ce n'était pas un rêve, et ce n'était pas le tonnerre non plus. J'ai entendu papa crier contre mam. Il lui disait…

J'écartai Samantha de moi. Son petit corps chaud qui ne tenait pas en place. J'aurais voulu me boucher les oreilles. Je ne voulais pas l'entendre, pas avant d'aller au lycée. Pas un matin où j'avais plein de choses à faire et déjà trop de soucis en tête. Je m'entendis dire :

– Demande à mam, alors. Demande-lui ce qui se passe. C'est elle qui est la cause de tout. Demande à mam !

Mais Samantha n'osa pas. Et moi non plus. De toute façon, mam ne nous aurait rien expliqué. Elle souriait à sa façon, courageuse, entêtée, toujours essoufflée pendant ce printemps, comme si son pouls battait vite, comme si elle avait couru.

Je pense que je lui en voulais. Elle provoquait notre père par son attitude, et lui, étant Reid Pierson, il ne pouvait s'empêcher de réagir. A la télé, il avait toujours l'air gai, il était super chaleureux, mais à la maison, eh bien... il n'était pas toujours de bonne humeur et se montrait plutôt lunatique. C'était sa personnalité.

Tout sembla arriver progressivement. Ou peut-être qu'avant je n'étais pas assez grande pour m'en rendre compte. Quand j'étais en quatrième, cependant, la tension avait déjà commencé à monter. Mam n'avait plus envie d'être Mrs Reid Pierson en public. Elle ne s'était jamais sentie à l'aise dans les gigantesques banquets et cocktails organisés pour collecter des fonds, au cours desquels on honorait Reid Pierson et d'autres célébrités. Elle avait essayé de se moquer d'elle-même et de ses malheurs, perdue au milieu de nuées d'inconnus en smoking et robe longue, impatients de serrer la main du fameux reporter sportif et de lui demander un autographe, tandis que leurs regards indifférents traversaient Krista Pierson comme si elle n'existait pas. Pourtant, pendant près de quatorze ans, elle avait accompagné son mari dans ce genre de réceptions, et avait joué le rôle de la belle épouse de Reid Pierson, Krista, qui avait elle-même présenté autrefois les nouvelles sur une chaîne télévisée de Portland. A présent, la crise était plus aiguë. Je surpris une de leurs conversations, où mam disait à papa :

– Cette soirée ! Je n'ai pas envie d'y aller, chéri. Je ne suis pas d'humeur à rencontrer des masses de gens. Je ne pourrais pas rester à la maison, s'il te plaît ?

– Non, mon ange, répondit papa. Tu ne peux pas. C'est avec toi que je sors ce soir, tu comprends ?

Il essayait de prendre les choses à la légère, sur le mode de la plaisanterie ou du jeu. On aurait cru qu'ils jouaient au ping-pong dans le salon.

Mam dit :

– Bien sûr, c'est formidable cette soirée en ton honneur, et je sais que c'est pour la bonne cause, mais j'aimerais tellement mieux rester avec les filles et travailler un peu dans mon atelier. Demain…

– Krista, tu ne te rappelles même pas pourquoi il y a une réception ce soir.

– C'est pour le centre médical? Ou plutôt non, pour l'Association des bonnes œuvres... ?

– Regarde ton agenda! Tu ferais bien de t'éclaircir les idées, dit froidement papa.

– Chéri, peu importe ce que c'est. Il y a toujours les mêmes gens, qui disent le même genre de choses. La sonorisation est assourdissante, tout le monde boit trop, ça ne finira pas avant onze heures du soir. S'il te plaît, je ne pourrais pas... ?

Papa avait l'air patient mais exaspéré. Je m'éloignai à reculons, ne voulant pas entendre la suite. Mon cœur s'était mis à battre fort, j'étais inquiète pour ma mère.

– C'est la cérémonie du *Seattle Times* qui distingue les personnalités d'exception de l'année. Ils ne choisissent que huit personnes. Ça fera les gros titres du journal... c'est un gros truc. Et il paraîtrait assez étrange que Reid Pierson y aille tout seul. Que sa femme, Krista, se fiche complètement de la distinction qui lui a été accordée.

Mam protesta :

– Mais bien sûr que ça compte pour moi, Reid. Ça compte même énormément. Je suis fière de toi. Mais personne ne s'apercevrait de mon absence. C'est pour ça que je veux rester à la maison ce soir. J'aimerais dîner tôt avec Francesca et Samantha, juste toutes les trois. Il me semble qu'on ne se voit jamais assez longtemps, et tout d'un coup elles ne seront plus là, comme Todd. La maison sera vide, je me sentirai...

– Seule ? Avec simplement ton mari ?

– Chéri, tu es toujours parti. Et quand tu es à la maison, tu sors tous les soirs. Ce n'est pas une vie, et ça s'aggrave. Je ne suis plus la personne que tu as épousée. Je n'ai plus vingt-deux ans.

– Non, ça c'est vrai. Tu frises la quarantaine. Tu devrais être contente d'avoir un mari qui veut te montrer en public avec lui, et qui est toujours amoureux de toi. On connaît beaucoup de gens mariés pour lesquels ce n'est plus vraiment le cas.

Mam, blessée, dit :

– Reid, qu'est-ce que tu veux dire ? Tu me menaces ou quoi ?

– Non, chérie. Pourquoi devrais-je te menacer ? Est-ce que je t'ai jamais menacée, ne serait-ce qu'en disant la vérité ?

– Qu'est-ce que ça signifie ?

– Tu es une femme intelligente, Krista. Alors, réfléchis. Avec tes nouveaux amis, les soi-disant artistes dont les « valeurs » sont tellement supérieures aux miennes. Tu devrais être capable de comprendre certaines choses toute seule.

Il y eut un silence. Un peu de mouvement. J'entendis un son étouffé et évitai de penser que mam était en train de pleurer.

J'avais continué à m'éloigner d'eux, si bien que j'étais arrivée à un endroit où leurs voix ne me parvenaient presque plus. J'entendis quand même la voix de mon père s'élever, coléreuse :

– Pourquoi donc as-tu épousé Reid Pierson, si tu ne veux pas être la foutue femme de Reid Pierson ?

Je me bouchai les oreilles. Même Zarbie n'était pas d'humeur à entendre ça.

Le passage. C'est ce que ma mère faisait, elle aussi, passer d'un territoire connu à un territoire inconnu. L'hiver dernier, le printemps, l'été. Je crois que je ne voulais pas savoir. Je ne voulais pas penser à ce que tout cela pourrait entraîner, au fait que certains d'entre nous pourraient être blessés et abandonnés.

La dispute : 29 mai . 4

Les écharpes que mam se mit à porter. De magnifiques écharpes de soie aux couleurs vives. Et les châles. Et les chemisiers, les pulls à manches longues. Parfois les manches retombaient sur ses poignets, cachaient ses poignets.

Cachaient quoi ? Des bleus sur ses poignets, sur son cou et le haut de ses bras ? De violentes marques rouges laissées sur la peau par les doigts puissants d'un homme ?

Je n'arrivais pas à le demander. Les mots se rassemblaient dans ma gorge, mais restaient collés là. En présence de mam, je devins de plus en plus silencieuse. Et mam se montrait de plus en plus silencieuse avec moi.

C'était toujours tard la nuit, quand je ne pouvais pas dormir, que j'envoyais des e-mails dans ma tête. Et parfois, peut-être un peu aux abois, je sortais de mon lit, regardais si j'avais des messages (la plupart du temps il n'y en avait pas : je vérifiais quand même avec impatience, répondais aussitôt si j'en avais) puis j'en adressais un, à Todd par exemple. Combien lui en ai-je envoyé ? J'aurais honte de les compter.

Salut, Todd !

Ça fait un bail que je n'ai pas eu de tes nouvelles et j'espère que tout va bien pour toi.

Je me demandais simplement si tu savais ce qui se passe entre les parents ces jours-ci. (Je pense que si papa disait quelque chose à quelqu'un, ce serait à toi.)

Franky

Une autre nuit :

Salut, Todd !

C'est moi, juste pour te dire bonsoir. C'est plutôt vide, ici.

Papa est parti quatre jours à Atlanta.

(Base-ball ?)

Je me demandais si tu étais en contact avec lui.

Je me demandais si tu savais ce qui pouvait bien se passer entre papa et mam ? Au cas où.

(Ta petite sœur) Franky

Je sais, c'était pathétique. Signer comme ça ! J'ai fait un tas de choses qui étaient assez pathétiques, au cours de ces mois-là.

Todd n'a jamais répondu à aucun de mes e-mails. Je crois que je savais au fond de moi qu'il ne le ferait pas.

Il faut avoir un grand frère pour comprendre.

Quand j'étais petite, Todd était mon ami. Mais ensuite, au collège, puis au lycée, il est devenu obsédé par le sport, et lui a consacré tout son temps libre. Il y a eu des mois – des années même – où je ne l'ai presque pas vu. Il entrait et sortait de la maison, toujours pressé, ne prenant le temps de s'asseoir devant un repas que si papa était là. Sa façon d'être avec mam, Samantha et moi dépendait entièrement de ses rapports avec notre père. Puis il a quitté la maison, a commencé l'université à Pullman, dans l'État de Washington, a rejoint la plus grande association sportive d'étudiants (« où, disait-il, le nom de Reid Pierson est une formule magique »). Il rentrait rarement à la maison pour le week-end. Et, lorsqu'il le faisait, il n'avait pas de temps à m'accorder.

Mam n'était pas la vraie mère – la mère biologique – de Todd. Cela expliquait peut-être son éloignement. Sa mère (la première femme de papa) était morte longtemps auparavant, et personne ne parlait jamais d'elle. Peut-être Todd considérait-il que mam,

Samantha et moi n'étions pas sa mère ni ses sœurs à part entière.

Dans la famille, seul papa comptait réellement pour lui.

Au début, mam s'était plainte en souriant de ne plus voir « son grand et beau garçon ». Todd ne se confiait plus à elle comme avant, il ne lui permettait plus d'entrer dans sa chambre, ni de lui ébouriffer les cheveux ou de le taquiner. Lorsqu'il disait au revoir, Todd se laissait embrasser avec la raideur d'un soldat au garde-à-vous. Depuis un an, mam avait cessé de plaisanter. Si jamais elle parlait de Todd, c'était d'une voix blessée et déçue.

Tout au long du mois de mai, mam sourit. Une pensée à la Zarbie me donnait envie de lui demander : est-ce que ce sourire est agrafé à ton visage, mam ? Est-ce que ça fait mal ? J'aurais voulu lui demander si elle continuait à sourire comme ça en dormant. Si quelqu'un l'avait réveillée en braquant une lampe électrique sur son visage, aurait-elle toujours eu ce même sourire ? J'aurais voulu le lui demander, mais je n'en fis rien.

Je commençais à lui en vouloir de se comporter si bizarrement. Je crois que je lui en voulais de m'inquiéter pour elle. Une mère est censée s'inquiéter pour vous, et pas le contraire !

Il y avait désormais une certaine tension entre nous. De ma part, en tout cas. Je n'étais plus sa petite Francesca. Elle ne pouvait plus s'attendre à ce que je me pelotonne contre elle et à ce que je me conduise comme Samantha. Je savais qu'elle sentait un changement dans mon attitude, mais elle ne dit rien pendant un moment. (C'était bien ma mère, ça aussi. Ne pas parler de quelque chose qui la tourmentait, comme si ça pouvait disparaître tout seul.) Mais un jour, elle céda, et me demanda si quelque chose n'allait pas :

– Tu as l'air si repliée sur toi-même, ma chérie. Tu ne m'as pas dit trois mots depuis que tu es montée dans la voiture.

Nous revenions à la maison, à Yarrow Heights, comme d'habitude. Mam était passée me prendre à Forrester après mon entraînement de natation. Elle avait fait d'autres courses ; l'arrière du break était bourré de fournitures pour ses travaux artistiques.

Mon père détestait l'odeur de la peinture acrylique, de l'argile ou de la pâte à modeler. Sur les doigts de ma mère et sous les ongles coupés court, on aurait dit de la boue séchée.

Pour l'amour de Dieu, Krista. On dirait que tu travailles dans les champs.

J'étais affalée sur le siège du passager. Je mis un CD de Laurie Anderson dans le lecteur, celui qui commence par d'étranges chants de baleines.

– D'accord, mam. Sauf que toi non plus, tu ne m'as pas dit trois mots.

Mam se mit à rire, l'air un peu surpris.

Nous écoutions la voix un peu voilée de Laurie Anderson. D'étranges sons sous-marins. C'était une musique qui correspondait bien à l'atmosphère de Seattle au mois de mai : brume, menace de pluie, pluie.

J'ai vu des baleines dans l'océan. Pas beaucoup, mais quelques-unes. Plus exactement, des baleines tueuses, comme on les appelle. Dans le détroit de Juan de Fuca (entre le nord de l'État de Washington et la Colombie-Britannique) et dans l'océan, à quarante minutes de voiture vers l'ouest. C'est impressionnant ! Quand on voit les baleines remonter à la surface, sauter, acrobatiques, dans l'eau d'un vert transparent, on a le cœur qui bondit. On regarde, on attend, les yeux fixés sur l'eau, que les baleines réapparaissent.

Mam murmura un commentaire approbateur sur le CD. C'était le genre de musique qu'elle aimait, elle aussi. Puis elle baissa le volume, pour que nous puissions parler.

– Comment s'est passé ton entraînement ?

– Bien.

– Tu as plongé ?

– Non. Pas aujourd'hui.

(En fait, j'avais plongé. Je veux dire que j'avais essayé. Mes genoux étaient faibles. J'avais du mal à me concentrer. « Ce n'est pas un jour à plongeon », disait-on alors de façon diplomatique.)

Mam tenait le volant. Je ne regardais pas dans sa direction. Mais je pouvais voir que son sourire commençait à glisser d'un côté, comme si les agrafes lâchaient. Ses yeux (rougis, mais je ne voulais pas m'en apercevoir) semblaient se plisser tandis qu'elle regardait dans le rétroviseur, en conduisant d'une façon un peu plus saccadée que d'habitude. Comme si ce chemin familier qui allait jusqu'à la maison ne lui était plus si familier et pouvait lui réserver des surprises. Mam dit, d'une voix hésitante :

– Je me demande si tu es distraite par quelque chose, Francesca. A l'école, ou...

Mais là, elle s'interrompit. Elle ne voulait pas dire à la maison.

Je répondis, agacée :

– Mam, je n'aime vraiment pas ce prénom de Francesca. C'est tellement prétentieux ! On dirait qu'on est italiens, ou je ne sais quoi. Samantha, c'est déjà assez laid et galvaudé ! Mais Francesca !

Je soupirai. Je remontai le volume du CD pour entendre Laurie Anderson chanter une chanson sur quelque chose qu'elle aimait et qui s'enfuyait.

Mam semblait blessée, et j'ajoutai :

– Tout le monde m'appelle Franky, tu sais. Parce que ça me va bien. Ça correspond à ce que je suis.

J'aurais voulu parler de Zarbie à ma mère. Mais pas ce jour-là.

– Oh, nous en avons discuté des milliers de fois ! dit mam en essayant de rire. Très bien, Franky. Si c'est ainsi que tu veux être perçue.

Ainsi que je voulais être perçue ? Je n'avais jamais vu les choses sous cet angle. J'avais toujours pensé que les autres vous appelaient comme ils avaient décidé de vous appeler, à commencer par vos parents, et qu'on n'avait pas le choix.

– Même mes professeurs m'appellent Franky, mam. Sauf quand ils m'en veulent.

Mam essaya d'en rire.

– Bien, Franky. J'ai remarqué que tu étais inhabituellement silencieuse, ces derniers temps. Depuis que je suis allée à Santa Barbara... tu t'es repliée sur toi-même. J'espère que ça n'a pas de rapport ?

Je m'agitai sur mon siège.

– Non, mam.

– L'autre jour, quand j'ai ramené Twyla et Jenn chez elles, j'ai remarqué que tu ne disais presque rien, c'est elles qui parlaient tout le temps...

Mam hésita, sachant que c'était un terrain glissant.

– J'espère que tu sens que tu peux toujours me parler, Francesca. Je veux dire, Franky. Si...

– Bien sûr, mam. Pas de problème.

A mon avis, il s'était passé quelque chose de très bizarre à Santa Barbara. Le samedi matin, papa était parti en disant qu'il avait une « affaire urgente » à traiter à Los Angeles, mais d'après une conversation que j'avais surprise au retour de mam, j'avais eu l'impression qu'il était allé à la Foire d'art et d'artisanat pour la surveiller, qu'il n'avait pas pris contact avec elle, et l'avait simplement « espionnée ». Puis il était revenu.

Il me semblait que les choses avaient dû se dérouler comme ça. Mais je ne pouvais pas en demander la confirmation à qui que ce soit.

J'avais entendu papa dire « Tes amies lesbiennes. Tu traînes avec tes lesbiennes. Je t'ai vue. » Je n'avais pas saisi la réponse de ma mère.

Mais là, elle me déversait tout son blablabla. Quand elle avait mon âge... blablabla. A St Helens, dans l'Oregon. Comme si je ne le savais pas. Son enfance dans sa petite ville adorée. J'avais envie de hausser encore le volume du lecteur de CD pour couvrir sa voix.

Non. J'aurais voulu me serrer, me blottir contre elle. Comme je le faisais quand j'étais petite. Frotter mon nez contre elle, jusqu'à ce qu'elle me prenne sur ses genoux.

– Ma grande fille, disait-elle en riant. Ma grande et belle fille.

C'était encore possible avec Samantha, elle n'avait que dix ans. Mais cela ne l'était plus avec Franky, qui aurait voulu effacer les petites rides au coin des yeux et de la bouche de sa mère, ces petites rides qui semblaient avoir été gravées par de minuscules lames de couteau.

J'aurais voulu lui prendre les mains. Lui dire que ses mains étaient belles. Même avec ses ongles courts et sans vernis. Même s'il y avait en dessous des stries d'argile ou de peinture.

J'eus soudain la Zarbie envie de lui enlever l'écharpe turquoise qu'elle avait si soigneusement nouée autour de sa gorge.

En même temps, j'aurais voulu m'enfuir quelque part. Si au moins j'avais seize ans pour passer mon permis de conduire ! (Papa avait promis qu'il m'achèterait une voiture si j'étais une « bonne fille ».) Comme ça je ne dépendrais plus autant de ma mère pour me conduire d'un endroit à l'autre. C'était trop intime, ce rapport mère-fille. Beaucoup trop !

Lorsque mam tourna dans notre allée, j'avais déjà la main sur la poignée de la portière. Le temps qu'elle freine et qu'elle s'arrête, j'étais déjà à moitié sortie, tirant mon sac à dos derrière moi. Je lui criai par-dessus mon épaule, d'une voix à la Franky, parfaitement innocente et sans rancœur :

– Je vais bien, mam. Très bien même. J'ai ma propre vie, d'accord? Comme toi, tu as la tienne.

La première fois que Twyla Lee est venue dîner et coucher à la maison, elle a regardé autour d'elle, ouvert de grands yeux, et m'a chuchoté à l'oreille: «C'est cool, Franky. Mais est-ce que vous habitez vraiment là?»

Twyla plaisantait, bien sûr. La maison des Lee était assez spéciale elle aussi. Mais j'avais compris ce qu'elle voulait dire.

Lorsque mon père avait commencé à avoir beaucoup de succès à la télévision, il avait voulu se faire construire une nouvelle maison, pour lui et pour sa famille. Il avait acquis un terrain à Yarrow Heights qui surplombait le lac Washington et le pont flottant Evergreen, à quelques kilomètres de Seattle. Des lumières scintillaient dans la nuit. Quand on pouvait voir à travers le brouillard.

La maison avait été dessinée par un célèbre architecte américano-japonais de Seattle. C'est ce qu'on appelle une construction «postmoderne», c'est-à-dire que ça ne ressemble pas exactement à une maison, mais plutôt à un petit immeuble high-tech.

Des murs de verre, des lucarnes, du béton armé, un peu de métal éblouissant et glacial comme de l'étain. Des «galeries» tubulaires tapissées de verre et non pas des couloirs à l'ancienne mode. Des unités modulaires, et non pas des chambres. Des cloisons japonaises amovibles qui « créent des pièces » ou « suppriment » des pièces. Les pièces sont des chambres sonores garnies de meubles « minimalistes » : chaises métalliques, tables translucides, lampes halogènes diffusant une faible lumière bleutée. Des couleurs inexistantes et neutres comme du noir fané, du gris caillou, du blanc cireux. De longs canapés bas couverts de petits coussins nains. Des étendues interminables de carrelage brillant et nu, d'un noir terne, d'un blanc mort, avec quelques tapis çà et là. Même l'éclairage était minimaliste, caché dans les murs et les plafonds pour donner l'impression de « projeter des ombres dans toutes les directions ». Ma mère avait espéré s'occuper de l'ameublement elle-même, mais mon père avait insisté pour que ce soit le décorateur d'intérieur le plus branché de Seattle qui s'en charge.

Papa disait qu'ils ne pouvaient pas se permettre la moindre erreur. Les « yeux du monde » seraient braqués sur eux, prêts à les railler et à les ridiculiser s'ils faisaient des fautes de goût.

Dans l'une des soi-disant « galeries » étaient exposées les coupes de football américain et des photos de lui en compagnie d'autres sportifs et de plusieurs célébrités. C'était assez spectaculaire : des clichés de

Reid Pierson serrant la main d'hommes politiques de Seattle, du gouverneur, et même du président de l'époque, Bill Clinton, à la Maison-Blanche. Reid Pierson et Bill Clinton étaient tous deux beaux, confiants et souriants, avec cet enthousiasme et ce charme enfantin qui sont si photogéniques. Papa avait été étonné par le charisme de Clinton, qu'il fallait sentir directement, disait-il, pour l'apprécier.

– On ne peut pas s'empêcher d'aimer cet homme. Et on comprend pourquoi, quand les gens vous aiment assez, ils vous pardonnent tout.

J'étais en quatrième lorsque la photo de la maison Pierson de Yarrow Heights, dans l'État de Washington, avait été publiée dans le magazine *Seattle Life*. J'étais nouvelle à la Forrester Academy, une école BCBG, et je n'avais presque pas d'amis. Du jour au lendemain, même des élèves plus grands me remarquèrent, et s'adressèrent à moi pour me dire qu'ils avaient vu l'article dans le magazine et que ça les avait impressionnés. Je dois admettre que j'étais flattée. (« Et ton père est Reid Pierson, à ce qu'il paraît ? ») Je venais d'entrer en troisième lorsque notre maison fut montrée dans la revue *Architectural Digest*, avec des photos spectaculaires de Reid Pierson (en smoking) et de sa femme, Krista Pierson (dans une robe moulante de soie noire, ses cheveux roux, brillants comme du feu, flottant sur ses épaules) au milieu des meubles minimalistes, avec une vue du lac Washington dans le fond. Cette fois-là, même des professeurs qui n'enseignaient pas dans ma classe et le directeur de l'école étaient venus me dire qu'ils avaient été impressionnés par cet article. Mr Whitney, le directeur, avait déjà rencontré ma mère, bien sûr, mais pas mon père. Il me déclara avec enthousiasme :

– Dis à ton père que j'ai toujours été un fan, Francesca. Depuis qu'il jouait avec les Seahawks. Dis-lui que j'espère qu'il passera à Forrester un de ces jours.

C'était il y a un an et demi environ. Papa n'est pas encore venu à Forrester, mais chaque fois que Mr Whitney me voit, il me lance :

– Francesca ! Rappelle-toi, l'invitation est toujours valable.

En fait, le look postmoderne sert surtout à épater la galerie. Au premier étage, il y a ce que l'architecte appelle « l'espace public » de la maison. Au rez-de-chaussée, les pièces qui constituent notre « espace privé » sont à peu près normales : chambres à coucher, chambres d'invités, salles de bains, placards. (Bien qu'il n'y ait pas assez de placards.) Là, les choses sont construites sur une plus petite échelle, comme si l'architecte ne s'intéressait pas le moins du monde à l'endroit où ses clients pouvaient bien vivre.

Avant, nous habitions dans une maison plus vieille et plus petite, plus près du centre de Seattle, dans ce qu'on appelait un quartier « mélangé ». J'avais un tas d'amis dans ce quartier, et j'étais furieuse de déménager. (En plus, je détestais la nouvelle maison. Je pleurai et boudai pendant plusieurs jours.) Mam n'arrêtait pas de dire : « C'est une aventure ! C'est comme un vaisseau spatial. » Heureusement que papa lui avait permis de s'occuper elle-même de l'ameublement des chambres du rez-de-chaussée.

L'année dernière, mam avait transformé une pièce de l'aile réservée aux invités en petit atelier. Elle prenait des cours de poterie, de tissage et de peinture. Son atelier n'était pas grand, il n'avait pas de vue grandiose sur le lac, mais une lucarne. Nous nous étions bien amusées, Samantha et moi, à l'aider à peindre les murs d'un jaune pâle et chaud qui donnait l'impression qu'il y avait toujours du soleil dans la pièce, ou presque, même les jours d'hiver les plus sombres.

Dans le climat humide des forêts du nord-ouest du Pacifique, là où nous vivons, il pleut parfois pendant des semaines. Pas de soleil. Et si le soleil se montre, il peut disparaître en quelques secondes.

Papa avait autorisé mam à transformer la pièce en atelier, mais c'était une idée qui l'avait toujours dérangé. Plus mam passait de temps à la maison, dans cet atelier, moins elle en consacrait aux activités sociales et mondaines que devait avoir sa femme, selon lui, comme déjeuner avec les femmes de la bonne société qui s'occupaient d'organisations telles que Les Amis de l'Opéra de Seattle et l'Association des bonnes œuvres. Il se plaignait, en disant que des émanations de peinture se répandaient jusqu'à l'autre bout de la maison, là où était leur chambre. Cette maudite odeur lui donnait de la sinusite et des maux de tête ! Lorsque mam lui montra ses premiers tissages et pots en argile, que Samantha et moi trouvions très beaux, il se contenta de sourire en hochant la tête comme un père indulgent.

– C'est ce que tu as fait, Krista ? C'est bien. Très bien.

Il n'avait rien dit d'autre. Mam était vexée, mais elle avait essayé de ne pas le montrer.

Elle arrêta bientôt de lui montrer son travail, même lorsqu'elle réussit à placer ses objets dans une galerie locale, et qu'elle commença à les vendre. Papa ne lui en parlait pas, et ne se rendait jamais dans son joli petit atelier.

J'avais raconté beaucoup de choses à ma mère, que je n'avais jamais dites à mon père. Mais ces derniers temps, je ne lui racontais plus rien non plus.

Depuis que Zarbie était entrée dans mon cœur, en juillet à Puget Sound. Je me demandais si Zarbie aurait fait son apparition sans Cameron. Si je n'avais pas été sur le point de commettre cette terrible faute, et n'avais pas été prête à tout. *Tu devrais voir tes yeux ! Zarbie les Yeux Verts ! T'es complètement cinglée !* Mais je n'étais pas cinglée. Je le savais. J'étais plus forte qu'avant, je m'assumais mieux. Je m'aimais plus que je ne m'étais jamais aimée depuis que j'étais petite. Des pensées étranges me venaient à l'esprit, comme : *Tu appartiens à ce monde comme n'importe qui. Sauf que tu es Zarbie les Yeux Verts, et que tu le sais.*

Depuis que j'avais eu mes règles, je me dégoûtais un peu, comme si j'avais eu honte de moi, ou quelque chose de ce genre. Mais depuis Zarbie, cette sensation avait disparu. Je me rappelais comment j'avais échappé à Cameron, comment j'étais rentrée en courant sous la pluie, avec cet extraordinaire sentiment de bonheur. Je me regardais nue dans le miroir de ma chambre, comme je ne l'avais jamais fait auparavant, séduite par mes petits seins avec leurs mamelons en fossettes et la touffe de poils soyeux d'un roux pâle et flamboyant entre mes cuisses, mes jambes minces et musclées de nageuse, et même mes longs pieds étroits et blancs comme des champignons vénéneux. Je ne me regardais ni fixement ni à la dérobée, je me regardais comme on observe une fleur, un arbre ou un animal, quelque chose de naturel, et de nu. Cependant, j'admirais particulièrement mes cheveux roux carotte, que je me laissais pousser dans le dos, en boucles fines et serrées qui moussaient sous l'effet de l'électricité statique. La plupart du temps je les attachais en queue-de-cheval pour dégager mon visage (mam m'avait donné une grosse barrette en argent, incrustée de turquoises). Avec mes yeux, c'était le signe distinctif de Zarbie. Mais j'en étais fière, je n'en avais pas honte.

Étais-je triste de ne plus raconter à ma mère ce qui me tenait le plus à cœur ? Twyla m'avait dit que c'était la même chose pour elle.

– Soudain, un jour, je me suis entendue mentir à ma mère. Sans aucune raison particulière, simplement parce que je n'avais plus envie qu'elle sache ce qui se passait en moi.

J'avais dit à Twyla :

– Je ne pense pas avoir jamais voulu que quelqu'un sache ce qui se passe en moi. A qui peut-on faire confiance ?

Nous avions réfléchi à la question. En principe, on devrait faire confiance aux gens dont on tombe amoureux, mais c'était risqué : les gens se brouillent sans arrêt.

– Il ne reste plus que sa meilleure amie, avait dit Twyla d'un air moqueur.

C'était vrai. Peut-être. Si je devais me fier à quelqu'un, ce serait à une amie proche, comme Twyla. Mais ça aussi, c'était risqué.

– Francesca ?

J'étais dans ma chambre, devant mon ordinateur, mais je rêvassais. Je regardais par la fenêtre le lac couleur de plomb en pensant à Twyla et à mes autres amis auxquels j'avais l'impression de ne plus avoir grand-chose à dire ces derniers temps. C'était peut-être ce que mam m'avait reproché : j'étais « repliée sur moi-même ».

Était-ce la même chose que d'être « déprimée » ? ou juste une humeur ?

Ma mère entrouvrit ma porte, hésitante. Elle passa la tête dans l'entrebâillement.

– Chérie ? Tu es occupée ? On peut parler cinq minutes ?

Un énorme soupir me gonfla la poitrine.

– Bien sûr, mam. Entre.

Je détestais être envahie de la sorte. Je savais pourtant que ma mère viendrait me chercher. Elle n'était pas du genre à laisser les choses en suspens.

Elle portait toujours son écharpe turquoise. Et un chemisier à manches longues, boutonné aux poignets. Ses yeux étaient légèrement striés de sang, ses paupières rougies.

– Je peux m'asseoir ? Tu ne fais pas tes devoirs, si ?

Je mentis :

– Je travaille un peu, mais je peux discuter. Pas de problème.

Ce fut la première fois que maman me parla de Skagit Harbor. Du « bungalow » qu'elle avait là-bas. Est-ce que je m'en souvenais ? me demanda-t-elle.

Skagit Harbor est un vieux village de pêcheurs sur la baie de Skagit, à une heure de voiture au nord de Yarrow Heights. Le grand-père de ma mère y possédait une petite maison d'une seule pièce, qu'on appelait « le bungalow » dans la famille Connor. Quelques années plus tôt, mam nous y avait emmenées Samantha et moi, pendant un week-end, tandis que papa couvrait le World Series, le championnat national de base-ball à New York. J'avais un bon souvenir de Skagit Harbor, et je me demandais souvent pourquoi nous n'y étions jamais retournés.

Je crois que c'était un endroit que papa n'aimait pas. Il trouvait que c'était vulgaire et ennuyeux. Il considérait que les gens qui vivaient là étaient plutôt ordinaires, et que, par ailleurs, la petite ville était contaminée par ce qu'il appelait une « infiltration hippie ». Il faisait allusion aux artistes qui gagnaient leur vie en faisant de la menuiserie ou en servant dans les restaurants – tous des marginaux, d'après lui.

Je fus surprise.

– Le bungalow? Et alors?

– Eh bien, j'y suis retournée plusieurs fois depuis le début du printemps. Je l'ai repeint, je l'ai réparé. J'ai enlevé les broussailles tout autour. Une vraie jungle!

Mam s'arrêta et eut un petit sourire. Il y avait quelque chose là-dessous que je ne saisissais pas encore.

– Je vais apporter les affaires de mon atelier là-bas pendant le week-end. Ton père ne sera pas là, et... je me demandais si tu voudrais m'accompagner. Je reviendrai dimanche soir.

Je me levai brusquement. J'étais furieuse et effrayée.

– Mam, mais pourquoi est-ce que tu le provoques? Pourquoi tu fais ça?

Ma mère me regarda, stupéfaite. Elle tripotait son écharpe, s'assurant qu'elle n'avait pas glissé. Je voyais les petites rides sur son visage, et comme un fin réseau de fils gris métallisé dans ses cheveux.

– Pro... provoquer, moi? Qu'est-ce que tu veux dire, Francesca?

– Maman, tu sais très bien ce que je veux dire.

– Ton... père? Tu penses que je provoque ton père?

– Ce n'est pas vrai?

– Francesca, ça te dépasse complètement. Je ne veux pas discuter de ce sujet avec toi.

Mam s'était levée, elle aussi. Je me rappellerais toujours cet instant bizarre : ses traits étaient bouleversés par la peur.

J'étais au bord des larmes.

– Écoute, maman, tu m'as demandé récemment : « Qu'est-ce qui ne va pas, Francesca ? » Eh bien, je vais te dire ce qui ne va pas. Tu fais délibérément tout ce qui peut exaspérer papa. Tu le connais, et pourtant tu continues.

Ma voix s'étranglait. J'avais du mal à respirer. C'était comme si j'avais plongé sous l'eau, mais que je ne pouvais plus remonter à la surface... Quelque chose me tirait au fond par les chevilles.

Mam balbutia :

– Francesca, tu ne comprends pas. C'est... compliqué.

Elle semblait désorientée. Elle avait pris depuis peu l'habitude de tourner nerveusement une bague autour de son doigt, une grosse bague en argent en forme de colombe qu'elle avait rapportée de Santa Barbara, et qui avait été fabriquée par le même orfèvre navajo qui avait fait ma barrette en argent.

– Si tu provoques papa, il va réagir. Il est comme ça, c'est sa personnalité.

– Mais, tu ne crois pas que j'ai « une personnalité », moi aussi ?

– Non. Enfin, pas comme papa. Il ne peut pas

s'empêcher d'être comme il est, alors que toi, tu peux.

– Nous nous aimons, ton père et moi, ma chérie. Beaucoup. Et nous t'aimons. Mais nos valeurs sont différentes à présent. Je... je ressens les choses d'une autre façon. Je veux vivre avant qu'il ne soit trop tard.

– Vivre ? Pourquoi tu ne peux pas vivre ici, comme tu l'as toujours fait ? Pourquoi les choses sont-elles différentes maintenant ? Samantha a peur que vous divorciez, papa et toi. La moitié des parents des élèves de sa classe sont divorcés.

– C'est ce que Samantha pense ? Elle te l'a dit ?

– Non. Elle ne l'a pas dit comme ça. Pas avec autant de mots.

– Tu en as parlé avec elle ? Tu ne lui as pas fait peur, au moins, Francesca ?

La voix de mam tremblait.

– Non, c'est toi qui lui fais peur. C'est toi qui me fais peur, à moi aussi. Tu as l'air tellement...

J'avais les joues en feu. Je dus me mordre les lèvres pour m'empêcher de crier.

– *Inconsciente !* Comme si tu étais somnambule ou un truc comme ça. Tu ne te rends pas compte de l'effet que tu produis sur papa.

Mam choisit soigneusement ses mots. Je me demanderais plus tard si elle n'avait pas répété son discours.

– Francesca, ma chérie... Je veux dire, Franky... tu ne sais rien, vraiment rien. Je suis désolée que tu t'inquiètes, que Samantha s'inquiète.

Elle essayait de sourire, sans savoir que les agrafes s'étaient toutes détachées et qu'on aurait dit une grimace de poisson, ses yeux étaient injectés de sang et effrayés comme si papa était juste derrière la porte, prêt à se précipiter dans ma chambre.

– Mais ton père et moi avons discuté de tout ça en long et en large. Il comprend que j'aimerais passer un peu plus de temps seule... loin de Seattle, en grande partie. Non pas loin de ma famille, mais loin de Seattle. Et de cette maison. Il accepte que j'arrange le bungalow de Skagit Harbor, que j'y passe du temps. Il n'est pas question que j'y reste de façon permanente, bien sûr. Je reviendrai tous les deux ou trois jours. Ton père est d'accord.

Ça, c'était une surprise. Je ne m'y attendais pas.

– Il est d'accord ? Vraiment ?

– Et il n'est pas question de divorce, ma chérie. Si jamais Samantha t'en parle, s'il te plaît, dis-le-lui : il n'est pas question de divorce entre ton père et moi, ni maintenant ni jamais.

Elle avait eu une drôle de façon de marteler *ni maintenant ni jamais*. Comme si ce n'étaient pas ses propres mots, mais ceux de quelqu'un d'autre.

Mam se retourna, essuya ses yeux, et sortit de ma chambre. J'aurais voulu la rappeler. J'aurais voulu l'étreindre et sentir ses bras autour de moi. En même temps, je voulais qu'elle s'en aille. Je ne pouvais plus supporter de voir ce sourire qu'elle avait, ni le bleu violacé qui s'estompait sous sa mâchoire.

Salut Todd,

Désolée de t'ennuyer (encore une fois).

Tu savais que mam était en train d'arranger le bungalow de Skagit Harbor, et qu'elle va y aller de temps en temps ? Elle vient de me le dire.

MAIS PAS DE DIVORCE, d'après elle. NI MAINTENANT NI JAMAIS.

J'imagine que c'est une bonne nouvelle. (Non ?)

Quand on pense à leur façon d'être. Depuis l'hiver dernier.

Fais-moi savoir ce que tu en penses, ou ce que tu en sais.

(Est-ce que tu es en relation avec papa ?)

J'espère que tout va bien pour toi là-bas, à Pullman.

Franky

Todd ne m'a jamais répondu. Et pourtant, cette fois, j'aurais pensé qu'il l'aurait fait.

Sauf qu'ils ne l'étaient pas.

Ce n'était pas ce que les gens croyaient.

La famille Pierson n'était pas en train de se défaire.

C'est ce que papa nous expliqua à Samantha et à moi. En prenant nos mains dans les siennes, et en parlant d'un ton neutre mais gentil : « Votre mère est dans son univers à elle, les filles. C'est là que vous la trouverez de plus en plus souvent. »

Mam partait deux jours de suite. Puis elle revenait, et elle repartait trois jours. Elle emmenait Rabbit avec elle dans son break. La maison était étrange, triste, vide, sans eux.

On pouvait presque entendre des échos de voix, et ceux des petits jappements haletants de Rabbit. *Dans son univers. C'est là que vous la trouverez de plus en plus souvent.*

Il y avait quelque chose qui n'allait pas, quand on revenait de l'école et que mam n'était pas là. On ne pouvait s'empêcher d'avoir des idées noires.

– Franky, tu ne crois pas que mam ne nous aime plus ? me demanda Samantha.

– Demande-le-lui. Comment veux-tu que je le sache ?

– Il y a des jours où je la déteste !

Le petit visage de Samantha se chiffonna, plein de défi.

– Ça m'est égal qu'elle ne revienne jamais à la
maison !

Un peu plus tard, elle vint me dire, l'air inquiet :

– Franky ? Et si maman ne revenait jamais à la maison ?

– Ne sois pas stupide. Elle revient après-demain.

– Tu es sûre ?

– Tu le sais bien !

Je fis semblant d'être exaspérée par l'étourderie de ma petite sœur.

Samantha sourit, tapotant son pouce contre sa bouche.

– Oh, oui. Je le savais, mais j'avais oublié.

Elle ne nous manquait pas ! Nous allions à l'école comme toujours. Nous avions nos amis. Nous avions nos activités scolaires, qui prennent tellement d'importance sur le moment, même si par la suite, on a du mal à se rappeler pourquoi. J'étais contente de ne pas rester à la maison et d'aller à Forrester, où j'étais une élève de seconde, dégingandée, les cheveux roux coiffés en queue-de-cheval, avec un rire bref et un peu rauque, l'air de ne jamais se prendre trop au sérieux. « Ça va, Franky ? » me criaient mes amis, en avançant dans les couloirs entre les cours. Je me sentais hébétée la plupart du temps, comme si on m'avait fait des piqûres de novocaïne. Dans le miroir des toilettes, je saisissais mon reflet, avec le joyeux sourire de mam agrafé sur mon visage.

Les gens aiment qu'on soit optimiste, un peu turbulent, imprévisible, ils n'aiment pas qu'on ait le cafard.

Papa commença à nous dire, à Samantha et à moi :

– Je vous préviens, les filles tristes ne plaisent à personne.

Tu sais, Franky traverse un moment difficile.

A cause de quoi ?

Son père et sa mère.

Je n'étais pas sûre d'avoir entendu exactement ça. A Forrester, dans le vestiaire, avant la dernière compétition de natation de la saison.

Ah bon ? C'est pour ça qu'elle est complètement dans le cirage ?

A Forrester, j'étais dans le groupe qui rédigeait le livre de l'année sur chaque classe, j'appartenais au club d'art dramatique, et au club sportif féminin. Sans être une vedette de l'équipe de natation, il y avait des moments où je me mettais soudain à nager comme un poisson fou et démoniaque. *Zarbie les Yeux Verts à corps perdu se jetant dans la course.* J'avais aidé notre équipe à gagner une compétition importante, mais je n'étais pas assez bonne, ni grande, ni forte pour être régulière, c'est-à-dire fiable. Pourtant Meg Tyler, notre coach, était gentille avec moi, elle avait une façon de me prendre à part, comme si j'étais, ou aurais dû être, quelqu'un d'exceptionnel. A la dernière compétition que Forrester avait gagnée, quoique de justesse, elle avait dit : « Beau travail, Franky ! L'année prochaine, je suis sûre que tu vas montrer de quoi tu es capable. »

L'année prochaine, j'espère que je serai encore là.

Je remerciai Miss Tyler. Je lui dis qu'elle était formidable. J'étais touchée par la foi qu'elle avait dans mes possibilités, même si je n'y croyais pas ne serait-ce qu'un millième de seconde.

Les jours passaient de plus en plus vite. Tout le monde attendait l'été. J'essayais, moi aussi. Je restais éveillée tard pour finir mes devoirs d'anglais et de sciences sociales en retard, en me disant : *Zarbie peut supporter ça. Comme un plongeon délicat qu'il faut négocier en douceur.* En préparant mes examens, par exemple, et en travaillant avec acharnement, au point que ça en devenait presque agréable. Comme mam n'était pas souvent à la maison, je pouvais rester debout la moitié de la nuit sans que personne ne s'en aperçoive. (Papa sortait beaucoup. Certaines nuits, il rentrait à deux heures du matin.) Je passai mes examens, et sortis de l'école l'esprit aussi vide qu'un tableau noir.

Je me débrouillai bien. Je n'en ratai aucun. J'améliorai même nettement mes notes d'anglais, qui n'avaient pas été fameuses pendant tout le semestre. Samantha aussi obtint de bons résultats. Elle finit son CM2 avec des A partout sauf un B en gymnastique. J'étais fière d'elle, et j'espère que mes parents l'étaient aussi.

– Quand est-ce qu'on pourra venir avec toi, mam ? demandait sans cesse Samantha.

Et mam répondait :

– Après la fin des cours.

Mais lorsque l'école ferma ses portes, et que Samantha lui posa la même question, mam répondit de façon évasive, en battant nerveusement des paupières :

– Quand j'aurai fini de peindre le bungalow. Quand votre père pensera que c'est le moment.

– Franky et moi on peut t'aider à peindre, mam, dit Samantha en tapotant son pouce contre sa bouche. Tu nous avais permis, la dernière fois. Tu avais reconnu qu'on avait fait du bon travail dans ton atelier.

– Oui, ma chérie, c'est vrai. Mais…

Mam s'interrompit. Pendant un instant, elle sembla avoir les idées confuses, comme si elle ne se rappelait pas ce qu'elle était censée dire. « Ce n'est plus la même chose, maintenant. »

J'aurais voulu lui demander quel rapport il y avait entre le fait de peindre son bungalow et l'opinion de notre père. Et l'interroger sur le temps qu'il lui fallait pour le peindre, alors qu'il avait la taille d'une seule pièce ? Mais mon ressentiment à l'égard de cette femme était comme une boule de pâte chaude dans ma gorge.

Va-t'en, alors. Reste loin de nous.

Tu ne nous aimes pas. Tu aimes l'univers dans lequel tu évolues.

Dès que le break sortait de l'allée, qu'est-ce que je faisais ? Je m'assurais que mon téléphone portable était éteint.

Pendant plusieurs heures par jour, sauf quand Maria était là (Maria était la dame philippine que mam avait engagée pour s'occuper de la maison en son absence), je décrochais aussi le téléphone fixe. Mam appelait au moins deux fois par jour à la maison. Elle pouvait laisser des messages sur le répondeur.

Ainsi, je n'attendrais pas sans cesse que le téléphone sonne quand j'étais à la maison.

Je n'amenais plus d'amis chez moi. Sans mam, la maison était mortellement silencieuse, comme un musée que personne ne visite. Même le boucan infernal que faisait Maria en passant l'aspirateur dans les grandes pièces (qui n'en avaient pas besoin, mais il fallait bien qu'elle fasse quelque chose pour mériter son salaire) était une sorte d'absence sinistre de son. Les jappements aigus et nerveux de Rabbit que papa ne supportait pas, il me semblait les entendre, mais de loin, comme si Rabbit était perdu quelque part dans le voisinage. Nous avions l'impression, Samantha et moi, de le voir dans la cuisine près de sa pâtée et de son écuelle d'eau. Nous entendions le petit bruit de ses griffes sur le carrelage et ses halètements impatients.

– Ce n'est pas juste, Franky, tu ne trouves pas ? Rabbit est notre chien à nous aussi, dit Samantha.

– J'imagine que mam ne pense pas beaucoup à nous, en ce moment. Elle est dans son univers.

Je parlai d'une voix légère, sans ironie.

Samantha me demanda :

– Qu'est-ce que ça veut dire « être dans son univers », Franky ? Papa ne nous a pas expliqué.

– C'est être dans son espace à elle, quelque chose comme ça. Dans sa tête. C'est faire ce qu'elle veut, et pas ce que les autres veulent qu'elle fasse. Enfin, je suppose.

En fait, je ne savais pas. Mais ce que je savais, c'est que je détestais cet univers.

Leur organisation nous apparut assez vite : mam partait deux ou trois jours par semaine, pendant lesquels papa était à la maison la plupart du temps. (Lorsqu'il ne voyageait pas, il travaillait dans le centre de Seattle. Il couvrait les événements sportifs de la région, quand ils avaient un « impact » sur la scène nationale.) Le lendemain du jour où mam rentrait, papa s'en allait. Il y avait toujours un moment où leur présence se chevauchait. Un repas de famille tous ensemble, le soir, par exemple. Samantha était très nerveuse, car elle ne comprenait pas ce qui se passait exactement. Moi, j'essayais d'être neutre. Je pense que j'étais assez distante avec mam, puisque j'avais l'impression qu'elle nous trahissait. Avec papa, qui la plupart du temps ne nous demandait qu'une seule chose : être ses « bonnes filles », toujours prêtes à rire de ses plaisanteries, les choses étaient plus faciles.

Je me demandais si papa et mam dormaient encore ensemble, dans le même lit.

C'était bizarre – parfois, certains soirs au dîner, ils s'entendaient très bien. Ils s'appelaient « chérie » et « mon chou », et étaient super gentils l'un avec l'autre. Puis, le lendemain, papa s'envolait vers Miami, Chicago, Austin. Et lorsqu'il revenait, c'était au tour de mam de faire ses bagages, de nous embrasser pour nous dire au revoir, de crier : « Rabbit ! Viens, mon chien ! », et de s'en aller dans son break vers Skagit Harbor. Un jour, Samantha se mit à crier après mam dans l'allée :

– C'est pas juste, c'est pas juste ! Rabbit est notre chien, à nous aussi !

Parfois, lorsque mam n'était pas là, la maison s'animait soudain au premier étage et sur la véranda en séquoia. Papa « avait du monde pour l'apéritif ». Ils arrivaient tous vers six heures du soir, et vers neuf heures, ils partaient dîner dans l'un des restaurants branchés de Seattle où papa nous emmenait de temps en temps, Samantha et moi. Au moment de quitter la maison, papa venait toujours nous voir au rez-de-chaussée, pour nous dire qu'il « sortait manger un morceau avec ses amis et qu'il ne fallait pas l'attendre ».

Samantha lui disait d'un ton pincé :

– Papa, tu as déjà mangé avec nous.

De plus en plus souvent une femme qu'on ne connaissait pas, accrochée au bras de notre père, voulait absolument « dire bonsoir » aux filles de Reid Pierson. (Samantha campait dans ma chambre jusqu'à ce qu'elle aille se coucher dans la sienne, juste à côté. Elle ne me gênait pas beaucoup, sauf quand je parlais à des amis au téléphone. Je n'aimais pas qu'elle entende, ni qu'elle se mêle de mes affaires.) Samantha croyait que cette femme était toujours la même personne, mais je savais qu'il y en avait plusieurs. On pouvait facilement les confondre, car elles étaient toutes blondes, séduisantes, et beaucoup plus jeunes que notre mère. Elles ressemblaient aux présentatrices du journal télévisé ou de la météo. Elles avaient l'air de mannequins. Papa ne nous les présentait jamais. Il ne se rappelait peut-être pas leur nom. Il frappait à ma porte, l'ouvrait au moment même où je criais : « Entrez ! », et ne faisait que quelques pas dans la pièce, la femme blonde à côté de lui, mais légèrement en retrait. Il disait avec fierté :

– Tu vois ? Mes bonnes petites filles : Sam-Sam, la cadette, et Franky, qui est une championne de natation à la Forrester Academy. Elles sont super, non ?

La femme blonde nous contemplait gravement, Samantha et moi, comme si nous étions des spécimens d'espèces rares et inconnues, puis elle pressait le haut du bras de papa à travers son polo et s'exclamait d'une voix essoufflée :

– Oh, Reid, mince alors ! Qu'est-ce qu'elles ressemblent à leur papa !

Un soir, Zarbie les Yeux Verts intervint :

– En fait, on ressemble à notre mère, aussi. Vous la connaissez ?

Il faut voir le regard que papa m'adressa, alors même qu'il souriait, et qu'il riait.

Et qu'il lançait son habituel :

– Très bien, les filles. Ne restez pas debout à attendre votre vieux père !

Samantha n'allait pas trop mal, il me semble. Elle s'adaptait peu à peu à la nouvelle organisation. Mais elle me faisait de la peine. Je voyais qu'elle pleurait en cachette, car elle savait que les pleurs agaçaient papa, et que moi aussi, parfois, je dois l'admettre, je m'énervais contre elle. (Voir Samantha pleurer me donnait envie de pleurer moi aussi. Alors, non merci !)

Samantha avait des amis à l'école, mais ils n'habitaient pas à côté de chez nous. Lorsque mam n'était pas là pour la conduire chez eux, elle était donc coincée à la maison. Elle se sentait seule, et devenait anxieuse. Pour attirer tout simplement l'attention, il lui arrivait de demander cinq ou six fois par jour si mam avait appelé, si j'avais écouté le répondeur. Elle venait même dans ma chambre au milieu de la nuit – quand j'arrivais enfin à m'endormir – pour me demander d'une voix suppliante:

– Franky? Est-ce que tu as vérifié une dernière fois les messages de ce soir?

Nous pouvions appeler mam, bien sûr. Mais elle répondait rarement au téléphone, et n'avait pas de répondeur. Quand je lui demandai pourquoi, elle me répondit d'un air évasif:

– Le téléphone me rend nerveuse. On ne sait jamais qui peut appeler.

Mam n'avait pas non plus une passion pour les e-mails. Elle disait que les ordinateurs l'énervaient, aussi n'emporta-t-elle pas son portable à Skagit Harbor.

De son côté, papa n'était pas facile à joindre. Parfois un de ses assistants appelait:

– Francesca Pierson? Ne quittez pas, je vous passe Reid Pierson.

Après une longue attente et une série de déclics, la voix de mon père se faisait entendre au bout du fil, forte et surmenée:

– Bonjour, mon ange. Quoi de neuf?

Je ne sais pas pourquoi, mais quand il était en déplacement, papa avait toujours l'impression que c'était moi qui l'avais appelé.

– Mais papa, c'est toi qui m'as téléphoné.

– Moi ?

Il semblait confus et perplexe. Il riait, comme si une tierce personne nous avait joué un tour à tous les deux, et que Reid Pierson avait un esprit trop sportif pour s'en offenser.

– Bon. Juste pour te dire bonjour, ma chérie. Est-ce que ta mère est dans le coin ?

Si je répondais oui, papa disait rapidement : « Non, non, Franky, je n'ai pas besoin de lui parler. Je voulais simplement savoir si elle était là, compris ? »

Une fois qu'il avait coupé la communication, je gardais le récepteur à l'oreille, comme hypnotisée, comme si j'attendais que sa voix revienne.

Puis, en juin, la sœur aînée de ma mère, tante Vicky, qui était celle que je préférais de tous les membres de la famille Connor/Pierson, commença à m'envoyer des e-mails. Tante Vicky m'avait appelée quatre ou cinq fois. Je crois que je ne l'ai jamais rappelée, sans trop savoir pourquoi.

(Je ne voulais peut-être pas qu'elle perçoive une certaine faiblesse ou inquiétude dans ma voix. Elle avait une intelligence vive, pénétrante, et s'apercevait même de choses que mam ne voyait pas.)

Salut Franky !

Juste deux mots pour te dire bonjour. Si on organisait un voyage pour cet hiver?
J'irais bien au Costa Rica.
Je me demande comment vous allez, Samantha et toi. Appelez-moi demain, d'accord?
Merci
Baisers,
Tante Vicky

Je n'en fis rien. J'en voulais à tante Vicky de se mêler de nos affaires.

Je me demandais ce que mam avait pu lui dire. Je me demandais s'il n'y avait pas un secret au sujet de mes parents que tante Vicky connaissait et pas moi.

Chère Franky,
Je suis un peu inquiète, tu ne réponds ni au téléphone, ni aux e-mails.
Si je venais? Ce week-end?
Baisers
Tu-sais-qui

J'écrivis aussitôt:

Chère tante Vicky,
Nous allons bien, Samantha et moi.
Ici, pas de problème.

Nous sommes en vacances jusqu'en septembre.

Je regardai fixement l'ordinateur pendant cinq, dix minutes, puis je finis par ajouter :

Laisses-nous tranquille, s'il te plaît, tante Vicky.
Je t'embrasse,
Franky

(Pourquoi en voulais-je autant à tante Vicky ? C'était pourtant quelqu'un que j'aimais beaucoup. Nous nous entendions bien, aimions le même genre de plaisanteries, la natation et le grand air. Elle m'avait emmenée dans un tas d'endroits, y compris en voyage, lorsque j'avais dix ans, un voyage inoubliable au nord du Mexique pour observer la migration des papillons monarques. Elle adorait Samantha aussi.)

Je ne cliquai pas sur ENVOYER, cependant. Après un moment d'hésitation, j'appuyai sur SUPPRIMER.

Il y avait cette marionnette de Franky Pierson. J'espérais que les gens s'émerveillaient de voir à quel point j'étais super normale et absolument saine.

Par exemple : j'aidai la mère de Jenn Carpenter à organiser une fête surprise pour sa fille le 20 juin, la veille de son anniversaire. Pendant des semaines, nous avons fait des projets par téléphone et par e-mail. (Et lorsque Mrs Carpenter me demandait des nouvelles de ma mère, je lui répondais toujours chaleureusement que mam «allait bien», qu'elle «travaillait à son art».) Twyla et moi étions censées passer chez les Carpenter pour emmener Jenn au cinéma, mais quand Jenn est entrée dans la salle de séjour des Carpenter, nous étions tous là à l'attendre, vingt-trois amis à elle, plus des membres de sa famille et même son père, qui était revenu en avion d'un congrès à Rio. Lorsque nous nous sommes mis à chanter *Heureux anniversaire*, Jenn, ébahie, a ouvert de grands yeux. Elle est littéralement restée bouche bée. C'était tellement drôle! Mrs Carpenter filmait tout au Caméscope. Il y avait des ballons et un tas de cadeaux. Quelqu'un a posé un chapeau couvert de paillettes sur la tête de Jenn. Nous riions comme des fous. J'ai écrasé une larme en voyant à quel point elle était surprise et heureuse, comme les gens l'aimaient et comme elle les aimait.

Une pensée m'a traversé l'esprit *si seulement j'étais aussi jeune!*

– Francesca? C'est moi.

Au bout d'un moment, ça devait arriver: lorsque mam revenait à la maison, parfois je n'y étais pas. Et quand j'y étais, je ne sortais pas toujours de ma chambre pour aller à sa rencontre. Je restais devant mon ordinateur à naviguer sur le web. Je cliquais sur des sites qui m'emmenaient dans des endroits lointains. (Je commençais à m'intéresser à la paléontologie. A des fouilles dans le Montana, dans le Wyoming. On y avait retrouvé des ossements vieux de cent millions d'années. Sous un climat clair, sec, où l'on pouvait voir à des kilomètres, sans être sans cesse sous la pluie et dans le brouillard.) J'avais entendu le break s'arrêter dans l'allée, Samantha courir, Rabbit aboyer, et je savais que mam se demanderait où j'étais, s'attendant à ce que je sorte et à ce que je vienne l'embrasser. Je me dis *elle n'a qu'à attendre. Elle n'a qu'à se poser des questions*.

Papa allait donc bientôt partir. Et quand il reviendrait, mam s'en irait de nouveau à Skagit Harbor. Beaucoup de gens dans notre région font la navette en ferry ou en voiture, et je commençais à voir mes parents comme des gens qui font sans cesse la navette. Le plus curieux, c'est que Skagit Harbor est tout près de Yarrow Heights : une heure de voiture sur la Route 5 qui va vers le nord et longe les contreforts des Cascade Mountains. Samantha n'arrêtait pas de demander à mam :

– Pourquoi on ne peut pas venir avec toi ? Tu nous l'avais promis !

Mam tournait nerveusement sa bague en argent autour de son doigt, et répondait :

– Je vous l'ai promis, ma chérie. Je n'ai pas oublié. Mais ce n'est pas le moment.

Samantha disait d'une voix forte :

– Quand, alors ?

Et mam répondait :

– Quand votre père le dira.

Un autre jour, Samantha proposa sournoisement :

– Mam ? Papa n'est pas là jusqu'à vendredi. Si on allait avec toi au bungalow, tu pourrais nous ramener avant son retour. Il n'en saurait rien !

Je vis mam me lancer un coup d'œil inquiet, apeuré, et je compris qu'elle espérait que je penserais moi aussi que ce n'était pas très malin. Son expression désemparée, effrayée me fut insupportable. J'imagine que mon visage et mes yeux se durcirent.

– Non, Samantha, non, dit-elle. Ce n'est pas du tout une bonne idée. Votre père serait furieux. Il nous en voudrait à toutes les trois.

Pourtant, lorsque Samantha demanda à papa quand elle pourrait aller voir mam, il répondit d'un air surpris :

– Mon ange, ce n'est pas à moi de décider. C'est à elle.

(Depuis peu, lorsqu'il parlait de mam, il l'appelait « elle ». Il ne disait plus jamais « votre mère », ni « Krista ».)

Samantha protesta :

– Mais papa, maman dit que c'est à toi de décider. Que c'est à toi qu'il faut demander.

– Non. C'est ce qu'elle prétend. Mais ce n'est pas vrai.

Désorientée, Samantha clignait des yeux. Elle avait le regard d'un enfant abandonné sur le terre-plein central d'une autoroute, tandis que la circulation passe à toute vitesse dans les deux sens.

– Papa ! Si on allait tous ensemble au bungalow de mam ? Pas longtemps, juste pour voir comment c'est !

Samantha avait une voix perçante, et je savais qu'elle avait tort d'insister, mais il était impossible de l'arrêter. Elle continua de geindre, d'une manière puérile, en tirant sur le bras de papa, jusqu'à ce qu'il perde patience, lui prenne le poignet et le torde. Elle poussa un petit cri de chiot blessé et tomba sur un genou, alors papa la lâcha, le souffle court, et dit d'une voix calme, égale :

– Je te l'ai dit, Samantha. Je ne te le répéterai pas. Vous avez intérêt à vous mettre ça dans la tête toutes les deux : c'est à *elle* de décider. *Pas à moi.*

Samantha se mordit les lèvres pour s'empêcher de pleurer. Elle savait qu'il ne valait mieux pas.

En allant nous coucher, ce soir-là, je vis que le poignet de Samantha était cerclé de marques rouges là où les doigts de notre père l'avaient tordu. Le lendemain matin, on aurait dit que Samantha portait un bracelet de bleus violacés.

J'étais désolée pour elle, mais en même temps... elle avait provoqué papa. Il fallait qu'elle apprenne à ne plus le faire.

Comme je l'avais appris, moi, à son âge.

Mam ne remarqua le poignet de Samantha que deux jours plus tard. (Elle n'était rentrée à la maison qu'à ce moment-là, et ne pouvait donc rien avoir remarqué avant.)

– Samantha, qu'est-ce que c'est que ça ? demanda mam. Qu'est-ce que tu as au poignet ?

Samantha murmura :

– Je ne sais pas, peut-être que... je suis tombée, je crois.

– Tombée... où ? demanda mam, inquiète, tandis que Samantha s'écartait brusquement d'elle, ne voulant pas que mam la touche.

Elle répondit avec insolence :

– Où est-ce que les gens tombent, sinon par terre ?

C'était au mois de juin.

Un mois qui me parut interminable.

J'aurais dû faire un stage artistique de deux semaines à Brainbridge Island, avec des amis de mon école, mais je ne suis jamais allée m'inscrire, et mam avait sûrement oublié de s'en occuper, elle aussi.

Chaque semaine, papa nous promettait d'aller passer quelques jours au cap Flattery, où un homme d'affaires fortuné de Seattle avait une maison qui donnait sur l'océan, mais je voyais bien que mon père était gêné d'accepter une invitation sans sa femme. Comment pourrait-il expliquer l'absence de son épouse, au cas où il n'arriverait pas à la convaincre de rejoindre sa famille ? (J'avais entendu certaines conversations téléphoniques. Je n'écoutais pas, mais parfois j'entendais.)

Par ailleurs, tant de gens voulaient que Reid Pierson aille chez eux, dans leurs belles résidences secondaires, qu'il n'était pas facile de choisir. Et c'était la saison du base-ball. Et Maria avait été renvoyée (par papa, nous n'avons jamais su pourquoi), il fallait donc engager quelqu'un d'autre. Et Samantha attrapa une bronchite d'été. Et voilà ce que fut le mois de juin.

Cap Flattery : 4 juillet . 6

– On va s'amuser, Franky, tu ne crois pas ? Même si mam n'est pas avec nous ?

Le 4 juillet, papa décida finalement de nous emmener au cap Flattery, tout au bout de la péninsule Olympique en allant vers le nord-ouest. Nous étions très excitées ! Ça faisait longtemps que nous n'étions pas parties quelques jours avec notre père. Le chalet Blount, c'était son nom, était situé à une dizaine de kilomètres au sud du cap, construit sur un promontoire rocheux qui donnait sur les vagues vertes coiffées de blanc de l'océan Pacifique. Nous ferions de la voile et regarderions les baleines, nous promit papa. Les Blount avaient trois enfants, deux garçons et une fille, il y aurait donc des gens avec qui « établir des contacts ».

Il avait été question que mam nous rejoigne pour ce long week-end. En tout cas, c'est ce que notre père avait laissé entendre. Sauf qu'au moment de partir, papa nous apprit qu'elle avait brusquement renoncé à cette idée.

– Elle a changé d'avis, les filles. Elle vient d'appeler pour annoncer qu'elle ne viendrait pas.

Samantha se mit à pleurer.

– Pourquoi ? Pourquoi mam ne vient pas ?

Et papa répondit, en haussant les épaules :

– Tu n'auras qu'à lui demander, mon ange.

Plus tard, il ajouta, d'une voix qui se voulait indulgente :

– Comme je vous l'ai dit, les filles, elle est dans son propre univers, à présent. Skagit Harbor.

Chaque fois que papa parlait de mam, ses paroles semblaient prendre d'autres sens, nouveaux et mystérieux.

D'abord, ils vous jurent qu'il n'y a « personne d'autre ». Ensuite, vous apprenez que non seulement il y a « quelqu'un d'autre », mais que c'est ce « quelqu'un d'autre » qui est à l'origine de leur conduite bizarre : disputes, pleurs, bousculades, ivresse à tomber par terre. De quoi avoir honte de connaître ces gens, et plus encore quand ce sont vos parents ! Et puis, bien sûr, ça se termine par un divorce. Ça traîne en longueur. Ça n'en finit jamais, parce que c'est entré en vous, aussi. On emporte cette angoisse avec soi où que l'on aille, comme une tortue qui porte sa carapace de travers.

(Voilà ce que certaines de mes amies m'avaient raconté. Des filles de Forrester, dont les parents avaient divorcé. Je les avais entendues, et je m'étais dit *mais pas les Pierson. Nous ne sommes pas comme les autres.*)

Le bracelet de bleus de Samantha avait presque disparu, à présent. Il fallait le savoir pour le remarquer. Pour aller à cap Flattery, Samantha s'était assise sur le siège de devant, à côté de papa, tandis que j'étais à moitié allongée derrière, où je lisais et gribouillais dans mon journal. De temps en temps, je la voyais examiner son poignet, étirant son bras mince vers la lumière.

Depuis que papa lui avait donné une correction, Samantha se conduisait mieux en sa présence. J'ai l'impression que moi aussi.

Lorsque nous arrivâmes au chalet Blount, c'était déjà le milieu de l'après-midi. Papa avait eu du mal à trouver leur propriété, construite loin de la route, dans une épaisse forêt de conifères. Il nous avait parlé des Blount, qui étaient ses fervents supporters et des amis sincères. Mr Blount était un multimillionnaire, célèbre dans la région pour ses dons généreux à des causes civiques et à des œuvres de charité.

En tant qu'ancien étudiant de l'université de Washington, il avait financé des bourses d'athlétisme pour hommes et pour femmes, y compris, depuis l'année dernière, une bourse portant le nom de notre père : la bourse sportive (football) Reid Pierson, promotion 78. Papa avait été émerveillé :

– C'est l'un des plus grands honneurs qui m'aient jamais été faits, je peux vous le dire. Je ne m'y attendais vraiment pas.

Lorsqu'il parlait ainsi, je n'aurais pu dire s'il s'adressait simplement à Samantha et à moi, ou à d'autres auditeurs invisibles. Parfois, j'avais l'impression de voir son public, de l'autre côté de projecteurs aveuglants. J'entendais leurs acclamations, leurs applaudissements.

Papa finit par trouver l'allée qui menait chez les Blount. C'était un chemin cahoteux, bringuebalant, il aurait fallu une Jeep ! Papa jurait à mi-voix, tandis que nous restions silencieuses, Samantha et moi. Mais au bout de trois cents mètres, une clairière apparut, inondée de soleil, et le chalet Blount se dressa devant nous, si impressionnant que nous le regardâmes ébahis. Papa murmura joyeusement :

– Ça, c'est la classe, les filles ! La richesse et le goût.

Le « chalet » avait la taille d'un petit hôtel, bâti en pierres et en rondins de séquoia, avec plusieurs portes coulissantes, balcons et vérandas découvertes. Il y avait de belles cheminées en pierre, ainsi que des gargouilles indiennes et des totems utilisés dans un but purement décoratif. L'autre côté de la maison donnait sur le promontoire et offrait une vue panoramique sur l'océan. Pour une fois, le brouillard ne masquait pas l'horizon.

Il n'y avait pas moins de huit véhicules rangés dans l'allée en fer à cheval. J'eus un pincement au cœur – je ne m'attendais pas à ce qu'il y ait autant d'invités pour le 4-Juillet, jour de la fête nationale aux États-Unis. A entendre papa, on aurait dit que Reid Pierson et sa famille étaient les seules personnes attendues.

Papa fut aussitôt d'excellente humeur. Il serrait les mains, embrassait les joues, étreignait les gens. Tout le monde connaissait Reid Pierson, et tout le monde était attiré par Reid Pierson. De temps en temps, papa se rappelait que Samantha et moi étions avec lui, il nous faisait de grands signes, ou claquait des doigts comme un magicien.

– Les filles ! Sam-Sam et Franky, venez !

Il était fier de nous, et il voulait que tout le monde le sache.

Samantha était une excellente élève de l'école Country Day. Franky était une vedette de l'équipe de natation et de plongeon de la Forrester Academy.

Todd, qui n'avait pu nous rejoindre ce jour-là, jouait dans une bonne équipe de football américain de l'État de Washington.

Si quelqu'un lui demandait des nouvelles de sa femme, il souriait et hochait la tête d'un air ironique.

– Krista vous prie de l'excuser. Elle est absolument désolée de ne pas être parmi nous aujourd'hui. Elle a une famille très dépendante à Portland qui l'appelle à l'aide dès qu'il y a un problème ou une «crise»...

Pendant un instant, je me demandai: est-ce que c'est vrai? Mam ne serait pas à Skagit Harbor, mais à Portland? C'était peut-être la raison pour laquelle ma tante Vicky m'avait appelée et envoyé des e-mails?

Dès que je vis les Blount – surtout Mrs Blount, qui avait à peu près le même âge que ma mère, mais avec des cheveux blonds bien lisses et ce côté artificiel que mam refusait à présent, j'eus la nostalgie de la maison et de mam. Dans cet endroit magnifique qui donnait sur l'océan, le 4-Juillet. Je me sentais seule, gauche, empotée. Samantha et moi étions comme des orphelines dans cet endroit où tout le monde se connaissait, où des enfants entraient et sortaient en courant, où des inconnus apportaient nonchalamment des boissons en criant:

– Joyeux 4-Juillet! Quel beau temps, n'est-ce pas? Pour une fois!

On avait également droit à cette variante piquante:

– Quel beau temps, n'est-ce pas? C'est Bud qui l'a commandé.

Mrs Blount prit mes mains entre les siennes et me dit:

– Tu es Franky, non? Je suis absooolument désolée que ta mère n'ait pu nous rejoindre! J'espère que cette «crise familiale» n'est pas trop grave?

– Juste quelques personnes en train de mourir, sans doute.

C'était une remarque à la Zarbie – je n'avais pas pu y résister. L'expression du visage impeccable et tiré de Mrs Blount fut indescriptible!

– Oh, ma chère, j'espère que non...

Mrs Blount voulut quand même se montrer optimiste en tant que maîtresse de maison, et elle avait besoin de mon aide. Nous étions aussi maladroites que des gens sur un canoë en train de se débattre avec leurs énormes pagaies pour ne pas chavirer.

Je marmonnai une vague réponse qui pouvait être interprétée comme *ce n'est pas grave, ça ne durera plus très longtemps*. Mrs Blount fit semblant d'y trouver un certain soulagement, me sourit et pressa mes mains entre les siennes dans un geste de sympathie maternelle. Mais son regard glissa au-dessus de ma tête pour se poser impatiemment sur un autre invité plus prometteur qui venait juste d'arriver.

– Excuse-moi, ma chère! Nous parlerons plus tard.

Puis ce fut au tour de notre hôte, Bud Blount, de venir me dire bonjour. C'était un homme cordial d'une cinquantaine d'années, au visage rougeaud, avec d'épais cheveux grisonnants et une tache de poils plus foncés apparaissant dans la large encolure en V de son polo.

– Ton père m'a dit que tu étais une bonne nageuse, hein? Et que tu savais plonger? Moi aussi. Je veux dire, avant, quand j'étais à l'université. Viens, mon p'tit.

Il voulait me montrer sa piscine olympique, qu'on pouvait voir de la véranda en séquoia, mais il fut distrait par d'autres invités, dont mon père, qui faisaient l'éloge du vin et s'interrogeaient sur son millésime. J'aurais voulu m'éclipser pendant qu'ils parlaient, mais Mr Blount me tenait par le bras.

– Mon fils de seize ans, Sean, fait aussi des plongeons du tonnerre, dit-il. Sean? Où est Sean, Leila? Vous savez quoi? J'ai envie de vous proposer à tous les deux, les mômes sexy, de vous mettre en maillot de bain et de nous faire un petit numéro, hein? Je parie que tu es formidable. Ils sont loin, les jours où je plongeais, moi aussi.

Il eut un petit rire, et tapota son robuste estomac, qui dépassait de la ceinture de son short kaki.

– Tout ce que je peux faire, maintenant, c'est des plats, mais vous les mômes, vous êtes en super forme.

Non seulement Mr Blount tira cordialement sur ma queue-de-cheval, comme si j'avais cinq ans, mais il eut un geste, comme s'il allait pincer mon ventre, découvert au niveau du nombril.

Oh là! Je n'aimais pas ça du tout. Mais ça s'était passé très vite, et il était évident que Mr Blount n'était pas un sale type, il était simplement sociable, et essayait d'être drôle comme mon père, parfois, quand il avait bu. Je résistai donc à l'envie de le repousser. J'inventai que je ne «pouvais pas nager ni plonger ces jours-ci», que «ce n'était pas la bonne période pour moi». C'était un truc de Zarbie: feindre d'être réellement gênée, et faire en sorte que, après avoir compris ce que je voulais dire, Mr Blount soit gêné à son tour. Son visage lourd s'empourpra, prenant une teinte rouge brique. Il murmura:

– Eh bien, je suis... désolé.

– Une autre fois, peut-être. Invitez-nous à revenir.

Samantha et moi avions une jolie chambre avec des lits superposés au deuxième étage du chalet, et la chambre de papa était juste de l'autre côté du couloir. Il paraissait étrange d'être dans cet endroit, qui ressemblait à un hôtel, sans mam à côté pour nous surveiller. Samantha murmura:

– Nous pourrions l'appeler, Franky, tu ne crois pas? Juste pour lui dire bonsoir.

Mais le teléphone portable était à moi, et je m'opposai à cette idée.

Je laissai presque toutes mes affaires dans la valise. Nous ne restions que trois nuits.

Il devait y avoir un barbecue dehors, un cochon de lait cuit à la broche. L'odeur de la viande rôtie imprégnait l'air, à la fois alléchante et écœurante. (Twyla était végétarienne. J'étais tout à fait décidée à le devenir moi aussi, mais je savais que ça énerverait mon père. Pour lui, ce n'était qu'une « affectation hippie », comme il disait.) Je me sentais de plus en plus agitée, de plus en plus Zarbie, je me demandais ce que je faisais là. Je me demandais pourquoi je n'avais pas osé dire à papa que j'aurais préféré passer le 4-Juillet à Skagit Harbor, avec mam.

Tu ne ferais jamais ça. Tu n'en as pas le courage.

Tu sais ce que tu es ? Une hypocrite.

C'était la voix moqueuse de Zarbie dans ma tête.

Avant le barbecue, pendant qu'il faisait encore jour, Mr Blount emmena certains de ses invités sur son voilier de douze mètres – le *Triumph II* – pour essayer de voir les baleines. J'étais tout excitée à l'idée d'y aller – j'adorais ces petites baleines tueuses qui se rapprochent si curieusement des êtres humains – mais il faisait froid sur l'eau. Le vent nous envoyait des embruns dans la figure, et l'été semblait avoir laissé la place au mois de novembre. En outre,

Samantha était effrayée par la façon dont le bateau bondissait et heurtait les vagues de côté.

Mr Blount était à la barre, avec papa comme coéquipier. Les deux hommes riaient et criaient :

– Des baleines ! Des baleines, ohé ! A tribord ! Ouvrez bien les yeux !

Nous avions les yeux bien ouverts, mais ne voyions aucune baleine. Ou bien, si nous en voyions, nous ne le savions pas, au milieu de l'eau bouillonnante, car elles venaient à la surface et plongeaient en suivant le mouvement des vagues, se confondant avec elles. Je me demandais si les baleines n'étaient pas en train de rire et de se moquer de nous. Au bout d'un quart d'heure environ, les lèvres et les ongles de Samantha devinrent violets. Elle frissonnait si fort que je lui trouvai un pull dans la cabine et l'enveloppai dedans. Samantha essayait vaillamment de voir ce que papa lui montrait, mais elle était hébétée et avait le regard vide. Le bateau piquait du nez et se redressait, tanguait et roulait. Je ne voyais même plus la maison des Blount sur le promontoire, il y avait trop d'embruns et de brouillard. Mais l'humeur était plutôt joyeuse, sur le *Triumph II*, car les adultes avaient bu. C'était la fête après tout. La fête du 4-Juillet.

Les frères Blount, Sean et Chris, étaient venus avec nous. Sean était un lycéen d'un genre assez courant :

un de ces types qui vous regardent en biais comme s'ils vous évaluaient, sans que l'on sache si on leur plaît ou pas. Depuis que nous avions été présentés, Sean semblait indécis à mon sujet, impressionné par le fait que j'étais la fille de Reid Pierson, mais pas sûr que je sois assez jolie, ou assez sexy, pour qu'il perde son temps avec moi. Je n'avais qu'un an de moins que lui, mais il devait quand même penser que j'étais trop jeune. En définitive, cependant, il sembla s'intéresser à moi. Il voulut m'épater. Il me donna une paire de jumelles pour que je regarde les baleines au loin monter à la surface et faire des sauts, montrer en un éclair leur tête brillante, étincelant dans l'air, avant de disparaître à nouveau.

– Tu vois ? Elles sont cool les baleines.

Je remerciai Sean et tendis les jumelles à Samantha.

Sean dit qu'il regrettait qu'on ne puisse plus chasser les baleines comme dans *Moby Dick*. Avec des harpons.

– Tu sais ce que j'aimerais faire un jour ? Attraper un bébé baleine dans un filet et le traîner jusqu'à notre piscine. Ensuite, je le filmerais au Caméscope.

Je me demandais s'il était sérieux ! Il paraissait l'être.

– C'est illégal, non ?

Sean sourit et haussa les épaules.

– Qui le saurait ? La gendarmerie côtière ? Le FBI ?

Après avoir passé une demi-heure à se heurter aux vagues, Mr Blount fit demi-tour et se dirigea vers son ponton, où l'odeur douce et écœurante du cochon de lait à la broche nous attendait.

Les adultes retournèrent tous ensemble sur la véranda en séquoia, mais Sean voulait me montrer quelque chose: son «zoo privé». Il fallait monter vers un endroit herbeux derrière le garage abritant les trois voitures des Blount: là, Sean et Chris avaient installé plusieurs cages. La voix nous manqua à Samantha et moi quand nous vîmes la collection d'animaux des deux frères: un lièvre, un petit renard, deux ratons laveurs fébriles, et une jeune chouette.

– Plutôt cool, non? se vanta Sean. Surtout le renard. Sa mère vient rôder autour, en poussant des espèces d'aboiements, de glapissements. Il rit. Si elle ne fait pas attention, on va l'attraper, elle aussi. Tu vois ce piège?

Au moins, ce n'était pas l'un de ces pièges à mâchoires qui blessent les animaux, en emprisonnant leurs pattes.

J'eus l'impression qu'une flamme m'embrasait! J'étais tellement dégoûtée! Mais je m'efforçai de parler calmement.

– Où est-ce que vous les avez trouvés? demandai-je, comme si j'étais sincèrement intéressée.

Sean indiqua la forêt d'un grand geste.

– Par ici. C'est une réserve naturelle. On les prend au piège. Il y en a des milliers, ça ne fait pas grand mal. Je veux dire que ce ne sont pas des espèces menacées ou des trucs comme ça.

– Qu'est-ce que vous allez en faire ?

Sean haussa les épaules.

– Quelle importance ? C'est cool, c'est tout.

Chris imita son frère aîné, en répétant avec un sourire :

– C'est cool.

– Vos parents ne disent rien ?

Sean haussa les épaules.

– Ça ne fait pas grand mal.

Samantha regardait le lièvre. Il était beaucoup plus gros que les lapins de Pâques, qui sont censés apporter des friandises aux enfants et que l'on voit dans les boutiques d'animaux à cette période. C'était un beau lièvre à l'air triste, avec des yeux sombres et humides, un nez frémissant et des oreilles étrangement courtes, comme affaissées. Elle leur demanda :

– Mais ils ne vous font pas pitié ?

– Pas du tout ! On les nourrit très bien.

C'était faux. Les bols en plastique étaient presque vides et pas très propres. Les cages étaient sales. Chris tourmentait les ratons laveurs avec un bâton et riait de leur terreur. Sauf qu'un des ratons mordit le bâton et faillit l'arracher des mains de Chris.

– Hé ! Fais gaffe ! gronda Chris.

Les deux frères durent trouver ça drôle car ils éclatèrent de rire. Samantha et moi essayions de donner de l'herbe à manger au lièvre, mais il était apathique et il eut un mouvement de recul. Sean distribua quelques boulettes dans les cages, comme celles qui sont destinées aux chiens, mais aucun animal n'en mangea. Le renardeau, qui avait la taille d'un chat adulte, haletait, accroupi, le dos appuyé contre le grillage métallique de sa cage, et nous fixait, sans ciller, de ses yeux mordorés. Sa poitrine étroite se soulevait et retombait rapidement. La chouette aussi nous fixait sans ciller. Nous avons besoin d'aide. *Nous avons besoin de vous. Sauvez-nous !* Je me demandais comment ma mère aurait réagi. De nouveau, une sensation chaude, brûlante comme une flamme, embrasa mon cerveau, c'était bizarre, c'était excitant. Samantha, l'air préoccupé, disait :

– Ils doivent se sentir seuls, ici. Je n'aimerais pas être dans une cage ! Vous devriez les laisser sortir, pour qu'ils rentrent chez eux.

– Bien sûr. Quand on en aura envie, répondit Sean.

Je ne voulais pas éveiller leur méfiance. Je posai poliment quelques questions, comme si je trouvais ça intéressant, avant de repartir avec eux vers la véranda, où les gens commençaient à manger près d'un grand buffet.

Dès qu'il fit nuit, Mr Blount donna l'ordre de faire partir le feu d'artifice. Il avait pris quelqu'un de Seattle pour s'en occuper. Les gens poussaient des « Oh ! » et des « Ah ! », comme des petits enfants, contemplant, le nez en l'air, les lumières flamboyantes et multicolores qui explosaient comme des étoiles filantes. Ils pressaient aussi leurs mains contre leurs oreilles, à cause du bruit assourdissant. Au début, je n'arrivai pas à trouver mon père, puis je le vis tout au bout de la véranda, entouré d'admirateurs. Il était d'humeur joyeuse, son bras entourant nonchalamment les épaules nues d'une très jeune femme, aux cheveux désespérément blonds et raides. De temps en temps, il nous criait à Samantha et à moi :

– Hé, les filles. Vous vous amusez ?

Ou bien :

– Quel spectacle magnifique, non ?

Je me souvins de la promesse *pas de divorce. Jamais*.

Zarbie rapide et habile, je m'éclipsai de la fête pendant que tout le monde contemplait le feu d'artifice bouche bée.

Je me rendis aussitôt vers notre voiture dans l'allée. Je savais que papa gardait une lampe de poche dans la boîte à gants. Je la pris et me glissai derrière le garage des Blount, jusqu'au « zoo privé ». Le 4-Juillet ! Le jour de l'Indépendance ! A vous la liberté !

J'ouvris les cages une à une. D'abord celle des ratons laveurs, puis celle du petit renard, celle du lièvre, et enfin celle de la chouette. Mon cœur battait à tout rompre. Je ne savais pas si j'avais une peur folle ou si j'étais exaltée. Mes mains tremblaient. Au début, aucun animal ne bougea. Ils avaient peur de moi, et se recroquevillaient dans leur cage. Les yeux du renardeau renvoyaient une lumière dorée, éblouissante comme des réflecteurs. Le lièvre tremblait visiblement. Je m'écartai des cages et baissai ma lampe de poche.

– Allez ! Retournez chez vous ! Vous êtes libres !

Mais aucun d'eux ne bougea.

Dans le ciel, au-dessus de la maison des Blount, le feu d'artifice éclatait et s'épanouissait. Les « Oh ! » et les « Ah ! » étaient de plus en plus forts, les gens commençaient à être ivres. J'étais vraiment dégoûtée ! Si les animaux pouvaient penser, que penseraient-ils de notre espèce ? Capable d'une conduite si bête, si extravagante, et en même temps si cruelle, si égoïste ! Comme les frères Blount. Cruels parce qu'ils étaient égoïstes et ignorants, qu'ils se comportaient comme si les animaux n'étaient pas « réels », n'avaient pas de sentiments comme eux.

Enfin, le plus grand des ratons laveurs sauta hors de

sa cage et, d'un pas maladroit, se dirigea frénétiquement vers les bois, sans jeter un regard en arrière. Son compagnon, plus prudent, hésita, mais finit par le suivre. Le lièvre semblait paralysé, seuls ses yeux sombres et globuleux clignaient par à-coups, mais le petit renard s'approchait peu à peu de la porte ouverte de sa cage, flairant l'air comme s'il craignait un piège. La chouette n'avait pas bougé d'une plume. Je m'éloignai encore un peu et éteignis ma lampe de poche.

– Allez ! Rentrez chez vous !

En courant vers la maison des Blount, je me sentis extraordinairement heureuse.

C'était comme une montée d'adrénaline, un flash, dont seule Zarbie les Yeux Verts avait le secret.

Le lendemain matin, lorsque les frères Blount s'écrièrent que quelqu'un avait saboté leur zoo privé, les soupçons tombèrent immédiatement sur moi. Je haussai donc les épaules et reconnus les faits.

– Oui, dis-je. J'ai ouvert les cages.

Tout le monde me regarda d'un air ébahi. Les Blount, mon père, Samantha.

Ils me regardaient comme si j'avais commis un crime ! Je me contentai d'en rire.

Sean dit avec colère :

– Tu n'avais pas le droit. Ces animaux étaient à nous !

Zarbie n'était pas du genre à se laisser décontenancer. J'avais répété ce que je dirais. Les mains sur les hanches, le menton levé, je répliquai calmement :

– Ces animaux n'étaient pas à vous ; ce sont des animaux sauvages. Ils ne vous appartiennent pas.

Suivit une horrible scène. Je ne m'étais pas attendue à ce qu'on me félicite, mais je n'avais pas imaginé non plus que les Blount seraient aussi furieux. Je savais que Sean et Chris seraient verts, mais je croyais que les personnes plus mûres réagiraient différemment. Ce ne fut pas le cas. Je compris que je m'étais trompée dans mes prévisions. J'essayai quand même de garder mon sang-froid. Je dis :

– J'ai laissé ces animaux partir, parce qu'il est illégal de mettre des bêtes sauvages en cage et que c'est cruel. Je ne le regrette pas.

Mon père intervint :

– Francesca, excuse-toi auprès de nos hôtes. Excuse-toi *immédiatement.*

– Je ne peux pas. Je ne regrette pas ce que j'ai fait.

– Je te l'ai dit : excuse-toi. *Immédiatement.*

Je crois que c'est ce qui rendit mon père fou de rage : mon entêtement. J'étais Zarbie-l'obstinée, qui ne cessait de répéter : « Je ne peux pas m'excuser. Je ne le ferai pas. J'ai eu raison, et je ne regrette rien. »

Papa devenait furieux. Mr Blount s'en aperçut et essaya de le calmer.

– Ce n'est pas grave, Reid. Les garçons peuvent remplir de nouveau leur zoo, il y a plein d'animaux dans les bois.

Mais papa l'interrompait sans arrêt, en me demandant de m'excuser. Je faisais non de la tête, non, je ne pouvais pas, et finalement mon père perdit tout contrôle, me prit par le bras et me secoua, me secoua, me secoua si fort que mes dents s'entrechoquèrent dans ma tête.

– Bon sang, je te demande de t'excuser auprès de ces gens, Francesca, ou je vais casser tous les os de ton misérable corps !

– Reid, non ! Arrête...

– Non, Reid, s'il te plaît !

Les deux Blount intervinrent, affolés. Mr Blount tira sur les doigts de mon père jusqu'à ce qu'il me lâche, et je titubai hors de la pièce en pleurant.

Papa nous ramena à Yarrow Heights le matin même.

Notre visite du 4 juillet à cap Flattery s'était brusquement terminée.

Dans la voiture, un silence de pierre régna pendant plusieurs heures. Même pas de radio, ni de CD. Samantha, assise devant, à côté de papa, finit un roman de Nancy Drew et en commença un autre. Elle n'osa jeter que quelques coups d'œil à sa pauvre sœur aînée en disgrâce, qui allongée derrière avec un tissu humide sur le visage, essayait de ne pas gémir de douleur. J'avais terriblement mal à la tête, au cou, et même mes vertèbres du haut craquaient douloureusement.

Tout ce que je savais, c'était que Zarbie avait eu raison d'agir ainsi, et que Zarbie devait accepter la punition que cela lui valait.

Voir les ratons laveurs s'éloigner maladroitement dans les bois. Voir le lièvre sortir de son état de transe. Le petit renard, flairant l'air avec prudence. Et la chouette avec ses douces plumes grises, son regard farouche, s'envoler enfin au loin...

Oui, il faut parfois accepter d'être puni pour avoir fait ce qu'il fallait.

La honte . 7

Casser tous les os de ton corps.

Tous les os de ton misérable corps.

Ces nuits-là, je me réveillais sans arrêt en entendant la voix de mon père juste au-dessus de moi. Je transpirais, mon cœur battait, non pas d'exaltation-à-la-Zarbie, mais d'angoisse. Je sentais ses doigts s'enfoncer dans mes bras, haïssant ma chair rebelle. J'avais dans la bouche le goût de ce spectacle honteux, comme de quelque chose de pourri et de noir. Et les yeux des autres qui regardaient fixement. Et mes propres yeux qui regardaient fixement.

Ce n'était pas la première fois. Mais c'était la première fois que je recevais une correction devant des inconnus.

Reid, non ! Ne lui fais pas de mal. Reid…

Ne te mêle pas de ça. Elle mérite une correction. Regarde-la… elle ne pleure même pas.

Elle est terrorisée, Reid. Elle ne peut pas pleurer…

Fous-moi la paix ! Ah, tu parles d'une mère ! Tu peux être fière de toi ! Tu as vu le résultat ?

Je me réveillais sans savoir si ces mots qui me revenaient dans la tête étaient un rêve ou un souvenir. Un horrible rêve. Et parfois, bien que consciente, je ne pouvais bouger ni mes jambes ni mes bras, mais uniquement mes yeux et je voyais les vagues proportions de la pièce (mais quelle pièce était-ce ? quel lit ?). Je ne pouvais pas bouger, et presque pas respirer. *Ce n'est pas voulu, chéri. Elle n'a que deux ans. Elle ne sait pas raisonner ni penser. Elle ne peut pas s'empêcher de se salir si elle a peur. Elle ne le fait pas exprès. Elle n'a que deux ans…* Je fermai les yeux et m'endormis.

Les jours passaient. Papa refusait de me parler.

Si nous étions dans la même pièce, il me regardait sans me voir. Il faisait grand étalage de son affection pour Samantha, l'étreignant et l'embrassant, tandis qu'elle se jetait dans ses bras.

– Papa, est-ce que tu vas *encore* partir ?

Et bien sûr, papa repartait pour St Louis. Baseball, programme double. Ce qui signifiait que mam allait rentrer – et mam revint en effet, avec Rabbit dans son break. J'aurais voulu courir à leur rencontre avec Samantha, mais je gardai mes distances, j'étais prudente. *Elle comprendra dès qu'elle me verra. Elle comprendra tout de suite.*

Je portais des chemises avec des manches qui descendaient en dessous des coudes. Lorsqu'un rayon de lumière me transperçait les yeux, causant des élancements dans ma tête, dans le cou et en haut de ma colonne vertébrale, je me tenais raide, serrais les dents et ne laissais échapper aucun cri de douleur. Je fis une descente dans l'armoire à pharmacie de mam, pour y prendre un analgésique, du Tylenol extra fort. Je volai trois gélules d'un truc indiqué en cas de douleurs musculaires, mais décidai finalement de ne pas les avaler – j'avais peur de trop aimer l'effet qu'elles auraient sur moi.

Papa, je ne peux pas. Je ne peux pas m'excuser. Papa s'il te plaît, comprends-moi, pourquoi est-ce que tu ne peux pas comprendre?

Papa?

Nous regardions Reid Pierson à la télé, mam, Samantha et moi. Et Rabbit.

Nous n'étions jamais inquiètes pour lui, il avait une telle assurance, et parlait si bien (contrairement aux autres journalistes sportifs)! Les autres étaient intelligents et bien informés, ils connaissaient l'histoire des joueurs, étaient au courant des statistiques, etc., mais papa savait des choses différentes, plus personnelles. Il pouvait parler de la stratégie de chaque joueur pendant le match, de leur angoisse avant que ça commence, de ce qu'ils ressentent quand ils sont blessés, puis sortis du terrain alors que leurs camarades continuent à jouer, et gagnent. Papa interviewa un lanceur de base-ball de vingt-deux ans, originaire de la République Dominicaine, qui parlait un anglais hésitant. Papa se montra chaleureux avec lui, et plein d'humour, comme s'ils se connaissaient depuis longtemps. Il conclut l'entretien en insistant sur la jeunesse du joueur : « Votre génération, qui a hérité de nous le XXIe siècle, a bien des défis à relever, mais vous avez le cran et l'intelligence nécessaires pour le faire. Je pense que vous, les jeunes, vous êtes formidables. Bonne chance ! » Il serra la main du jeune athlète. Je refoulai mes larmes : c'était comme si c'était ma main que papa avait serrée. Je sentis que c'était un signal qui m'était adressé : il savait que je le regardais et il m'avait pardonné.

Depuis le cap Flattery, il m'avait entièrement ignorée. A présent, je sentais qu'il y avait un changement. J'étais tellement heureuse que j'avais du mal à respirer.

Mam aussi avait écrasé une larme pendant l'interview. A la fin, elle dit :

– Oui. Votre père a vraiment quelque chose de magique, n'est-ce pas ?

Mais sa voix était mélancolique, et je vis qu'elle tournait sa bague en argent autour de son doigt.

Deux semaines et trois jours s'étaient écoulés depuis notre visite chez les Blount, quand papa revint de St Louis. Les matchs s'étaient bien passés, l'audience télé avait été bonne. Il nous lança joyeusement :

– Allons les filles, dites-moi que votre pauvre vieux père vous a manqué !

C'était la première fois qu'il me regardait en face depuis ce matin-là, chez ses amis du cap Flattery. Je vis que oui, il m'avait pardonné. Je l'embrassai en riant. J'en pleurai de joie.

Papa était comme ça. Il se mettait dans une colère folle, et vous jetait à la figure des choses qu'il ne pensait pas. Puis il s'en allait et, quand il revenait, c'était comme s'il ne s'était rien passé. Il ne disait jamais qu'il nous pardonnait ou qu'il n'était plus en colère. Il riait tout simplement, oubliait. Et il attendait de nous qu'on oublie aussi.

Skagit Harbor : 23 juillet . 8

Lorsque notre père revint de St Louis, l'atmosphère changea à la maison. Comme si nos parents avaient décidé d'être heureux ensemble, ou d'essayer. Je les entendis parler gravement tous les deux dans leur chambre, au bout du couloir. Je ne compris pas les mots, mais leur son, un murmure mystérieux.

Un soir, j'eus l'impression d'entendre mam sangloter, mais non, c'était sûrement son rire.

Enfin, je pense.

Zarbie me poussait à écouter aux portes. *Découvre tout ce que tu peux. La connaissance est le pouvoir.* Mais j'hésitais. J'avais peur de me faire prendre.

Pendant le petit déjeuner, papa annonça qu'il partait quelques jours à New York. Puis il nous fit un clin d'œil à Samantha et à moi, comme s'il nous réservait une surprise, et dit :

– Votre mère a des nouvelles pour vous.

Mam sourit, nerveuse et excitée.

– C'est vrai. Demain, nous allons à Skagit Harbor.

Je regardai papa. Pendant un instant, j'eus presque mal au ventre de peur.

Mais notre père souriait, content de lui. Il laissait ses filles partir. Il nous faisait cadeau de Skagit Harbor à Samantha et moi, et il faisait cadeau de Samantha et moi à mam.

Pourquoi ? *Parce qu'il le peut. Parce que c'est en son pouvoir.*

Samantha poussa un cri de joie. (J'aurais préféré qu'elle s'en abstienne ! Je savais que papa nous observait.) Je demandai calmement :

– On restera combien de temps, mam ?

C'était une question neutre. Je savais que papa approuverait.

Mam me regarda, clignant des yeux, le sourire aux lèvres. Elle tournait sans cesse sa bague autour de son doigt. Elle lança un coup d'œil à papa, qui avait l'air absorbé par le journal télévisé, et dit :

– Combien de temps ? Je... je ne sais pas exactement.

Je pense qu'il appartenait à mon père de prendre la décision et que mam ne la connaissait pas encore.

Skagit Harbor ! Je n'y étais plus venue depuis si longtemps ! La dernière fois, je crois même que c'était avant que j'entre à Forrester. Et Samantha n'était qu'une petite fille.

Papa n'était pas venu avec nous ce jour-là non plus. Ni Todd.

C'est drôle, je ne me souvenais pas bien des gens. On se sert de ses yeux pour voir, mais on ne se voit pas soi-même. C'est pourquoi les endroits, en particulier, restent nettement imprimés dans la mémoire, alors qu'on en est absent soi-même. Quant aux parents, comme on les voit tout le temps, il est difficile de se rappeler à quoi ils ressemblaient à l'époque. Sans la photo, la mémoire humaine serait vague et floue.

Quoi qu'il en soit, je me rappelais vraiment bien Skagit Harbor. C'était un vieux village de pêcheurs, sur le fleuve Skagit au nord-est de Puget Sound. A l'ouest des Cascade Mountains. A une heure de voiture de Seattle. Si on continuait encore une heure, on arrivait en Colombie-Britannique, au Canada. Des terres cultivées, mais une nature sauvage, aussi. Des troupeaux en train de paître, des chevaux, mais des kilomètres de forêts d'épicéas bleus.

Mam nous disait que les gens du village, surtout les pêcheurs, traversaient une période difficile sur le plan économique. Les habitants de Skagit Harbor étaient fiers de leur ville, cependant, fiers de leurs maisons et de leurs jardins, même quand ils n'avaient pas beaucoup d'argent. Mam n'arrêtait pas de dire: « Vous voyez? C'est joli, non? », tandis qu'elle suivait Main Street, la rue principale, puis une rue en pente, nommée Harbor, et qu'elle passait dans les First, Second, Third Streets. Samantha et moi regardions, les yeux grands ouverts. On pouvait voir comme les vieilles maisons victoriennes et les immeubles avaient été soigneusement conservés, même lorsqu'ils étaient un peu vétustes et délabrés. Main Street, cependant, semblait prospère, bordée d'une demi-douzaine de galeries et de restaurants. Mam nous montra une petite vitrine, l'Orca Gallery, qui présentait certaines de ses nouvelles créations.

A l'extrémité est de la ville, il y avait un petit port avec de vieux chalutiers robustes et des chalands rouillés, tandis qu'à l'autre bout de la ville se trouvait une marina avec des bateaux à voile, des hors-bord et des yachts, dont la plupart, nous dit mam, appartenaient aux propriétaires de résidences secondaires. Sur une colline surplombant Harbor Street, se dressait le musée historique du comté, le Skagit County Historic Museum, un vieux bâtiment de pierre, ressemblant à un monument d'un autre siècle. Il y avait des moulins désaffectés, une usine de conserves de poisson toujours en activité, et un espace ouvert où se tenait le MARCHÉ DE PRODUITS AGRICOLES DE SKAGIT HARBOR – SAM-DIM. Mam nous fit passer devant le magasin Hogan's Mills, où elle faisait à peu près toutes ses courses. Elle nous montra une vieille maison victorienne, grande et informe, peinte en violet, dont les vérandas et la pelouse étaient remplies d'« antiquités » et d'« objets d'art » – notamment des rennes en argent froissé, avec des cordons scintillants dans leur ramure, et des personnages de la taille d'un homme, faits en cintres de fil de fer. Nous passâmes devant la brigade des pompiers volontaires de Skagit Harbor, où des hommes, certains torse nu, lavaient leur camion avec la lance d'incendie. Mam klaxonna, et les hommes lui firent signe.

– Tout le monde connaît tout le monde ici, à Skagit Harbor, dit-elle.

Pas exactement comme à Yarrow Heights.

Chez nous, à Yarrow Heights, les gens ne sont jamais dehors, là où on pourrait les voir. Inutile de dire qu'ils ne klaxonnent pas pour se dire bonjour ! Mais à Skagit Harbor, il était surprenant de voir le nombre de personnes qui se trouvaient dans la rue vers onze heures du matin, un jour de semaine. Des habitants s'occupaient de leur jardin, où ils taillaient des arbres fruitiers (il y avait de vieux pommiers noueux devant certaines maisons, qui laissaient penser que cette partie de la ville avait été un immense verger autrefois), d'autres réparaient des voitures et des camionnettes dans la rue, jouaient avec des enfants. Il y avait beaucoup d'enfants. Les chiens se promenaient sans laisse. (Rabbit tremblait d'excitation et aboyait, penché par la fenêtre arrière.) Nous vîmes de petites églises avec leur cimetière, plusieurs mobile homes (« Rappelez-vous, les filles : ce ne sont pas des caravanes, mais des mobile homes »), et même un ancien bateau de pêche de grande taille qui semblait avoir été charrié du fleuve jusqu'à la terre ferme par une inondation, et laissé là, pour être repeint d'un bleu œuf de grive et transformé en maison : le pont était converti en une véranda remplie de meubles, de jouets et d'une profusion de liserons. Une femme portant des nattes, à peu près du même âge que mam, se tenait sur la véranda, avec deux jeunes enfants et un border colley. Mam ralentit, et là aussi, elle fit de grands gestes en criant : « Bonjour à tous ! » Je fus stupéfaite d'entendre une inconnue lui répondre « Salut, Krista ! » avec autant de chaleur et de familiarité. Mam dit, en continuant à conduire :

– C'est Mélanie. Elle est potière, comme j'essaie de le devenir, moi aussi. C'est une voisine et une amie formidable.

J'éprouvai une pointe de jalousie. C'était puéril, je sais. Mais on aurait dit que je percevais les mots de mam comme papa aurait pu les percevoir, et je sentis qu'il en aurait été blessé. *Tu n'as pas le droit d'aimer des inconnus.*

Samantha était émerveillée par le chalutier. Elle aurait voulu que nous allions tous vivre sur un bateau, à terre.

Deer Point Road, que mam appela en plaisantant « le mauvais côté de la ville », était une rue en pente, non pavée, en bordure de Skagit Harbor. Au-delà s'étendait la campagne, couverte de forêts. La rue était bordée de petits pavillons d'été et de bungalows peints de couleurs vives – or brun, bleu cobalt, vert-jaune, lavande, et même rouge coquelicot. Le bungalow de mam, que je me rappelais quelconque et terne, avait été repeint en bordeaux, avec des tournesols d'un jaune éclatant, comme des visages souriants, sur les volets et le long du toit en pente. (« En fait, je n'ai pas tout peint moi-même. Des voisins et des amis m'ont apporté leur aide. ») Il n'y avait qu'une seule fenêtre sur la façade, une vitre carrée, derrière laquelle on voyait un grand vase d'argile que mam avait fait à Yarrow Heights, rempli de branchages et de verges d'or.

– Oh, mam ! C'est tellement joli ! s'exclama Samantha, songeuse. On dirait une maison de poupée.

Mam se mit à rire.

– Oui, c'est à peu près de la même taille.

Papa avait dit, d'un air méprisant, que le bungalow n'était pas plus grand que notre living-room mais, en réalité, il était plus petit. J'éprouvai une vague impression de claustrophobie. Je ne voulais pas être trop près des autres, j'avais besoin de mon propre espace. J'avais beau détester l'immense mausolée-musée dans lequel nous vivions, au moins il y avait de la place.

Dans l'étroit jardin de mam se dressait un érable d'Amérique – un négondo – qui déployait son feuillage au-dessus du toit.

Mam ne possédait qu'un demi-hectare de terre, dont à peu près la moitié était cultivée, et l'autre restait une prairie couverte de fleurs des champs aux couleurs éclatantes, de carottes sauvages et de chicorée. Mam n'avait pas vraiment d'allée, mais un chemin cahoteux qui se terminait brusquement sur une rangée de plants de tomates. Elle n'avait pas de garage non plus, mais une vieille étable qu'elle utilisait comme entrepôt. Il y avait également une grange, derrière l'étable, tout aussi vieille et encore plus délabrée, qui se trouvait sur la propriété de quelqu'un d'autre, mais qui semblait appartenir à mam. En haut du toit de la grange tournait une girouette en forme de coq.

Ce coq! Soudain, tout me revint à l'esprit. J'étais petite lorsque mam m'avait emmenée là pour la première fois, et je m'étais inventé toutes sortes d'histoires au sujet de cette girouette en cuivre. Il y avait des coqs dans les environs, qui chantaient à l'aube, mais moi j'étais persuadée que c'était celui de la grange qui chantait. Mam avait fait semblant de me croire. « Oui, Francesca. C'est lui qui chante le premier. Et le plus fort. »

Je revoyais mon coq magique, après si longtemps. J'étais une adulte, ou presque, tandis que le coq était toujours sur son toit, comme si rien n'avait changé. La grange était vraiment vieille, avec un toit affaissé, mais quelqu'un avait essayé de le réparer avec de simples planches. J'aurais voulu montrer le coq du doigt à mam et à Samantha, mais une sorte de timidité m'en empêcha.

Mam riait comme une petite fille en ouvrant le bungalow pour qu'on y entre.

– J'espère que ça ne sent pas le renfermé. C'est mon atelier, aussi.

La pièce ressemblait à l'atelier de mam à la maison, en plus confortable, avec plus de meubles. Il y avait un canapé-lit à rayures jaunes, et des chaises en rotin qu'elle avait peintes en vert, bleu et rouge, après les avoir achetées dans la « boutique d'antiquités » à ciel ouvert devant laquelle nous venions de passer. Un beau tapis de chanvre grossièrement tissé couvrait le plancher, je reconnus des tentures aux murs que mam avait faites cet été, des pots en argile, des animaux en terre, et des tapisseries. (Une lucarne s'ouvrait en haut, et une mezzanine était aménagée, où Samantha et moi pourrions dormir ensemble dans un grand lit, dont la tête ancienne était en cuivre. Pour monter jusqu'à la mezzanine, il fallait emprunter une échelle.)

– Mam, c'est vraiment cool ! Je trouve ça super !

Je m'étais dépêchée de parler. Avant d'avoir la voix sarcastique de papa dans les oreilles. *Votre mère est dans son propre univers. De plus en plus. C'est là que vous la trouverez.*

Skagit Harbor : 24-27 juillet . 9

Mam dit :

– Je me sens tellement en paix, ici. La première chose que j'entends, c'est le chant du coq qui vient de la ferme en haut de la rue. Parfois, je me lève tôt, à six heures et demie du matin. Quand il n'y a pas trop de brouillard, j'emmène Rabbit jusqu'au port, et on revient. Il adore être ici, lui aussi.

Rabbit ne pouvait qu'aimer Skagit Harbor, c'était évident. La plupart du temps, il pouvait courir librement, ce qui lui était interdit à Yarrow Heights. A l'intérieur, dans la maisonnette de mam, Rabbit pouvait se détendre, sachant que personne ne le gronderait, ou ne lui ferait sentir à quel point il était indésirable.

Le programme de mam était le suivant : travail dans son atelier toute la matinée, puis déjeuner et courses en ville ; visites improvisées à des amis ; de nouveau travail dans son atelier en fin d'après-midi, et tâches ménagères; rencontres au petit bonheur avec des amis et des voisins le soir.

– Rien n'est jamais très formel ici, à Skagit Harbor, comme vous pouvez vous en douter.

Mam portait de vieux shorts kaki couverts de taches de peinture ou des jeans; de longs polos, des baskets ou des sandales, ou bien elle marchait pieds nus. Elle avait de longues jambes et la peau dorée par le soleil, ses cheveux étaient coupés court et en broussaille, d'un roux pâle strié d'un beau gris argenté. Elle avait l'air si heureux la plupart du temps qu'elle faisait penser à une lycéenne débordant d'énergie et d'enthousiasme. Elle paraissait si libre! Un jour Twyla m'avait dit: « *Il est étrange de penser que nous ne serions pas amies avec la plupart des gens qui forment nos familles, si nous n'étions pas apparentés.* » J'avais été d'accord avec elle sur le moment, mais à présent, je n'en étais plus aussi convaincue.

– Tu es tellement drôle, mam! s'exclama Samantha.

Elle l'embrassa, et elles se mirent à rire toutes les deux. Je les regardai, un peu jalouse. Même si j'en avais envie, je ne pouvais pas me conduire comme Samantha. Je n'avais plus dix ans.

Mam nous apprit que notre tante Vicky avait l'intention de venir de Portland pour nous rendre visite dimanche, trois jours plus tard.

– Vicky a hâte de nous voir, toutes les trois. Ça fait longtemps qu'on n'en a pas eu l'occasion !

Je me sentais coupable à propos de Vicky, et je restai muette. Je me demandai si mam savait qu'elle m'avait téléphoné, envoyé des e-mails, et que je ne lui avais jamais répondu. J'en conclus que non, mam n'était sûrement pas au courant. Tante Vicky ne lui avait sans doute rien dit, car lui en parler aurait signifié qu'en tant que sœur aînée, elle s'inquiétait pour elle. Et qu'elle s'inquiétait aussi au sujet de papa. De leurs rapports à tous les deux. J'imaginais mam en train d'affirmer à Vicky *tout va bien !* J'imaginais tante Vicky prendre mam par les épaules de ses mains fortes, la secouer légèrement *Krista, dis-moi la vérité.*

Mes conjectures s'arrêtaient là.

Mam dut voir une drôle d'expression sur mon visage. Je crois que mes émotions apparaissent comme les vagues sur l'eau.

– Vicky adore Skagit Harbor. Elle va venir quinze jours au mois d'août, dans un bed-and-breakfast, si elle arrive à se libérer.

Mam s'interrompit quelques instants, essaya de sourire, puis reprit :

– Vicky s'est fait un peu de souci pour nous. Enfin… beaucoup même. Elle a l'impression que les choses ont changé entre votre père et moi, alors qu'en fait, elles n'ont pas changé.

Samantha murmura :

– Mais, mam…

– Non, vraiment. Les choses n'ont pas changé entre votre père et moi. Nous avons une organisation un peu différente, mais ce n'est pas si rare. Je crois que nous avons trouvé un bon arrangement, tous les deux.

C'est papa qui t'a dit de raconter ça. Ce sont les mots de papa.

C'était une intuition fulgurante, à la Zarbie.

– Vous avez l'air de bien vous entendre, papa et toi. La semaine dernière, il me disait qu'il trouvait certaines de tes peintures vraiment intéressantes.

Ce n'était pas vrai. J'avais inventé ça pour que mam se sente mieux.

Mam me regarda. Elle souriait, mais semblait perplexe. Comme si elle voulait me croire.

– Oh oui, dit-elle brièvement, en touchant sa gorge, comme pour ajuster une écharpe imaginaire, je… ça se passe bien entre nous. Ça s'est toujours bien passé, d'ailleurs.

Nous marchions dans le jardin, derrière la maison. Samantha et Rabbit coururent devant, dans une prairie de fleurs sauvages. De nombreuses salicaires déployaient leurs épis de fleurs violettes sur leurs tiges droites. J'avais peur que mam me demande de quels tableaux exactement parlait papa. Je lui montrai la girouette sur le toit de la vieille grange.

– Je croyais que c'était ce coq-là qui chantait, tu t'en souviens ?

Mam leva les yeux vers le coq et rit.

– Francesca, tu avais tellement d'imagination ! Quand tu étais petite, tu inventais toujours des histoires sur les animaux.

– Ah bon ? Je ne m'en souviens pas.

– Eh bien, au moins, tu te rappelles Mister Coq. C'est le nom que tu lui avais donné.

Je m'en souvenais plus ou moins. C'était vague. Je me rappelais le jour où, il y a longtemps, papa m'avait grondée parce que je « mentais ». Parce que j'inventais des choses qui ne sont pas vraies. Ma grand-mère Connor était là, me posant des questions sur l'école maternelle, je devais avoir dit quelque chose de fantasque ou de ridicule, car papa m'avait interrompue et tout le monde s'était tu.

Nous marchions entre les hautes herbes et les plantes rampantes, mam et moi, pour aller inspecter la vieille grange de l'extérieur. J'adorais son odeur de foin, de vieille poussière et de saleté. J'adorais la façon dont les hirondelles entraient et sortaient par une fenêtre sans vitre, comme de grands papillons. Mam dit que son voisin était âgé, dans les quatre-vingts ans, qu'il laisserait probablement sa propriété à ses enfants qui habitaient à Seattle, et n'auraient aucune envie d'aller vivre à Skagit Harbor.

– Si je pouvais me le permettre, j'aimerais vraiment acheter cette propriété. Il y a un hectare et demi de terrain. Tu te rends compte!

Mam semblait si enthousiaste que j'eus à peine le temps de penser *mais avec tout l'argent que papa gagne, comment se fait-il qu'on n'en ait pas assez? Qu'on ne puisse pas se permettre d'acheter ça?*

Après avoir fait le tour de la grange, nous regardâmes à travers les fentes des vieilles planches usées par le temps. Rabbit revint vers nous en trottant, puis repartit à toute allure à travers champs rejoindre Samantha qui l'appelait en frappant dans ses mains. C'était une chaude journée, avec des traînées nuageuses, mais un ciel bleu pâle.

Comme le disait mam, tout était calme, par là. Au coin de la grange, il y avait une grosse pierre ronde couleur sable, qui devait peser une tonne, en partie recouverte de liserons. Presque entièrement caché sous cette pierre, je vis un trou creusé par un animal. Je pensai qu'il s'agissait d'un lapin mais, d'après mam, c'était un terrier trop profond pour un lapin et il appartenait probablement à une marmotte. C'était une vieille tanière, qui n'avait pas été creusée récemment. Elle n'était peut-être plus habitée depuis longtemps. Je remarquai:

– C'est une super cachette.

– C'est vrai, répondit mam. C'est une super cachette, tu as raison, Francesca. On pourrait laisser un message secret à quelqu'un dans ce terrier. Personne n'aurait l'idée d'aller regarder là.

Nous revînmes vers le bungalow, où Samantha et Rabbit avaient été rejoints par l'amie de mam, Mélanie, ses deux jeunes enfants, et son border colley, Princess. A voir la façon dont Rabbit lui faisait les yeux doux, on aurait pu croire qu'il n'avait jamais vu de chien avant, surtout aussi beau!

Mélanie, l'amie de mam, était une jeune veuve: son mari, un camionneur qui transportait du bois, était mort dans un terrible accident quinze mois seulement auparavant. Mam nous le dit après son départ. Pendant que Mélanie buvait de l'infusion de canneberge et mangeait des biscuits aux flocons d'avoine avec nous, j'avais remarqué qu'aucune des deux femmes n'avait fait allusion à son mari, qu'il soit mort ou vivant. Je me demandai ce que les gens de Skagit Harbor savaient de la vie privée de mam. Et, s'ils savaient quelque chose, ce qu'ils en pensaient. Pour eux, elle était Krista Connor, nom avec lequel elle signait ses œuvres d'art. Mais maintenant que ses filles avaient fait leur apparition, il était évident qu'elle avait aussi une famille.

Il n'y avait qu'un seul placard dans le bungalow, où mam avait mis quelques vêtements. Surtout des chemises, des jeans, des pantalons, ce qu'elle appelait ses

« vieilles fringues ». Une jupe longue, une seule robe en jersey, couleur citrouille, qu'elle portait avec des rangs de perles d'ambre, et que j'aimais bien. Des pulls, une veste en toile légère. Et juste deux ou trois paires de chaussures. A la maison, l'armoire de mam était bourrée de beaux vêtements, surtout des robes. Elle devait posséder trente ou quarante paires de chaussures.

Je ne l'interrogeai pas à ce sujet. Je n'étais pas là pour l'espionner. Je ne ferais aucune révélation à papa, même si je me doutais qu'il allait me poser des questions.

Les deux jours et demi qui suivirent nous parurent merveilleux à Samantha et moi. Comme si quelque chose en nous comprenait que ça ne pourrait pas durer.

Mam nous emmena faire une randonnée sur une petite montagne, au nord de la ville, qui dominait le port, et qui, à l'est, donnait sur les contreforts du Mount Moon, une montagne beaucoup plus haute. Mélanie, ses enfants et Princess vinrent pique-niquer avec nous. Plus tard, pendant que mam travaillait dans son atelier, un ami à elle, un artiste nommé Mero Okawa, nous emmena nager et ramer sur le fleuve Skagit, près de son bungalow qui ressemblait à celui de mam, en plus grand et un peu plus tape-à-l'œil. Tout le monde semblait se connaître, à Skagit Harbor, pour le moins les habitants de Deer Point Road qui formaient le cercle rapproché de mam, et qui étaient pour la plupart des artistes et des galeristes. J'avais le sentiment qu'au bout d'une semaine, personne n'ignorerait qui j'étais. Je rencontrai des filles de mon âge qui avaient l'air vraiment sympa, et quelques garçons. Les gens se mirent presque tout de suite à m'appeler Franky, ce qui me convenait très bien. J'ignore s'ils savaient qui était mon père, mais ils ne me posèrent aucune question sur lui. Et ils ne me demandèrent pas non plus dans quel lycée j'allais, comme on l'aurait fait à Seattle, où l'école que l'on fréquente, publique ou privée, est une façon codée de signaler qui vous êtes, et combien d'argent gagnent vos parents.

Le vendredi soir, il y eut un barbecue chez des voisins de mam. Tout le monde apporta à boire et à manger. Nous avions aidé mam à faire de la salade de pommes de terre et à égrener du maïs. Après le dîner, on joua au base-ball, avant d'aller ramer sur le fleuve, au clair de lune. Il y avait des gens de tous les âges, et tous s'amusaient. Je dois avouer que je rencontrai un garçon nommé Garrett (en terminale à Skagit Harbor) à qui j'eus l'air de plaire. Mais d'une façon détendue, naturelle, sur le ton de la plaisanterie. Il était gentil avec Samantha aussi, et proposa de nous emmener faire de la voile le dimanche, à l'heure qui nous conviendrait. Le samedi soir, Mero Okawa pria ses amis de venir d'abord dans sa galerie (il tenait l'Orca Gallery), puis il invita une douzaine d'entre eux à l'accompagner dans un restaurant de poissons qui donnait sur le fleuve et qu'ils considéraient tous comme le meilleur de la ville. Au début, Mero Okawa me parut un peu bizarre, mais ensuite je le trouvai de plus en plus sympathique. Mam nous confia qu'il était son ami le plus proche à Skagit Harbor, qu'il était comme un frère pour elle.

Mero l'entendit et murmura, pince-sans-rire:

– Krista, j'espère être plus agréable qu'un simple frère. Mes frères sont des brutes.

Mero Okawa se définit comme étant aux deux tiers hawaïen, un tiers caucasien. «Mais quant à savoir quelle est la partie qui correspond à Hawaii et celle qui correspond au Caucase, je n'ai jamais pu le déterminer.» Il était «plus ou moins» sculpteur, mais surtout organisateur d'événements artistiques à l'échelle locale: il était propriétaire de l'Orca Gallery, et coprésident du Festival d'arts plastiques de Skagit Harbor, qui était prévu pour le week-end du Labour Day, jour de la fête du Travail, le premier lundi de septembre. (J'en entendis beaucoup parler, ce soir-là, car d'autres convives, dont mam, participaient à sa préparation.) Mero était mince, pas très grand, avec de jolies mèches d'un blond cendré sur des cheveux bruns à la racine, sa peau était lisse et olivâtre, ses cils plus longs que ceux de la plupart des filles, moi comprise. Il portait un Polaroïd au bout d'une lanière en plastique passée autour du cou, et prenait sans arrêt des photos. Il avait des bagues aux doigts des deux mains, une chaîne en or sur la poitrine, et un saphir dans le lobe de l'oreille gauche. Les autres se moquaient affectueusement de Mero, à cause de son « sens de la mode », de son « look Armani ». Il était vraiment gentil avec Samantha et moi, sans jamais se montrer condescendant, contrairement à certains adultes. Je ne voulais pas voir cet ami de ma mère comme l'aurait fait mon père, qui l'aurait traité de « joli garçon », ou pire encore de « pédé ».

Ce soir-là, Mero prit des photos Polaroïd de mam, Samantha et moi. Il dit que nous étions « terriblement photogéniques », ce qui nous fit rire.

– Non, je parle sérieusement, insista Mero, en levant son appareil et en nous cadrant. Krista, Francesca, Samantha : une mère et ses deux filles. Ah, si seulement j'étais un grand photographe, comme John Singer Sargent, je saurais vous rendre justice !

Mero était comme ça : il vous flattait sans vergogne pour vous faire rire, tout en vous faisant comprendre qu'en fait, il était sincère.

Plus tard, mam dit de Mero qu'elle ne connaissait pas d'homme « plus sincère », et qui ait aussi « bon cœur ».

Le lendemain, dimanche, tante Vicky devait arriver en début de soirée. Elle venait en voiture de Portland, et s'installerait dans un bed-and-breakfast de la ville, car il n'y avait plus de place dans le bungalow de mam. Je décidai de ne pas être gênée en sa présence, mais de lui dire simplement, à l'occasion, que je ne l'avais pas rappelée parce que j'avais été un peu déprimée par notre situation familiale. Mais qu'à présent je me sentais cent fois mieux.

Bien que ce fût dimanche, mam ne changea pas beaucoup de programme. Elle mit ses vieux vêtements couverts de taches de peinture, et noua une écharpe autour de ses cheveux. Elle préparait des sérigraphies de joncs d'un vert lumineux, d'herbes des marais, et je l'aidais, ainsi que Samantha. Le temps passe vraiment vite quand on est absorbé par les aspects techniques de l'art ! Entre trois et quatre heures de l'après-midi, mon nouvel ami Garrett devait venir nous prendre, ma sœur et moi, pour aller faire de la voile. A moins que le temps ne se gâte : vers midi, de longues colonnes de nuages noirs avaient couvert le ciel, mais un vent de nord-ouest les chassait. Je regardais le ciel toutes les deux minutes, et croisais les doigts.

Vers l'heure du déjeuner, une amie de mam passa nous voir, et Mero Okawa qui allait en ville à bicyclette s'arrêta aussi. Ils parlèrent surtout du Festival d'arts plastiques. Je demandai à Mero si je pouvais emprunter son vélo pour faire un tour, et il accepta aussitôt. Je n'avais pas réalisé que Deer Point Road était à ce point en pente. Je m'amusai à descendre la colline en roue libre jusqu'au port. Il faudrait que je pédale dur pour remonter. En attendant, je parcourus les rues parallèles au fleuve et pas trop raides, les First, Second et Third Streets. (Je dois avouer que je savais que Garrett habitait Third Street. Il m'avait décrit sa maison. Je passai donc devant. C'était une de ces vieilles demeures à colombages, d'un vert pomme doux et clair. De grands arbres déployaient leurs branches dans le jardin couvert de fleurs. La mère de Garrett devait s'y connaître en jardinage. Heureusement, personne n'était devant la maison, ni sur la véranda pour me voir passer innocemment à bicyclette!)

Lorsque je revins au bungalow de mam, Mero, qui allait reprendre son vélo, me demanda si j'aimais Skagit Harbor, et je lui dis que j'adorais. Samantha s'exclama:

– Si seulement je pouvais aller à l'école et vivre ici toute l'année! On peut même y aller à pied, à l'école!

Mero répondit en riant:

– On peut aller n'importe où à pied, ici. Sauf sur le fleuve.

Mero avait une façon de vous regarder fixement, avec ses yeux aux longs cils, et en pinçant les lèvres, qui montrait l'intensité avec laquelle il vous écoutait.

C'était flatteur, et sûrement sincère, mais ça me gênait un peu. Certaines personnes s'intéressent tellement aux autres, avec une telle acuité, que si vous ne vous considérez pas comme quelqu'un d'exceptionnel, ils vous mettent mal à l'aise. C'était comme si Mero était en train de me dire *Francesca, tu es justement quelqu'un d'exceptionnel. Tu es Zarbie les Yeux Verts, et je te connais. Allez !*

Lisant sur mon visage quelque chose que je ne voulais pas forcément laisser apparaître, Mero m'appela par mon prénom Franky – je lui avais demandé de ne pas m'appeler Francesca, comme ma mère – et me confia que Samantha et moi avions rendu Krista très heureuse ces derniers jours.

– Vous lui manquez tellement, toutes les deux. Elle n'aimerait pas que je vous le dise, mais... eh bien elle vous adore. Elle ne veut pas que vous soyez...

Les paroles de Mero se perdirent dans le silence.

Je sentis mon visage s'embraser. *Elle ne veut pas que nous soyons... quoi ? blessées ?*

Mais par qui ?

Samantha n'était pas là lors de cette conversation – elle s'était éclipsée. Mais moi, j'étais en plein dedans. Et ça ne me plaisait pas. Je tournai brusquement le dos à Mero, sans lui dire au revoir. J'avais peur de me mettre à pleurer. Je lui en voulus soudain terriblement. Comment cet homme, que je ne connaissais pas, même si c'était quelqu'un de bien et plein de bonnes intentions, se permettait-il de me parler avec autant de familiarité de choses qui ne le regardaient pas ?

Là encore, Mero sembla comprendre ce qui se passait. Il me rappela :

– Franky ? Écoute, je suis désolé si…

Je m'éloignai sans regarder en arrière. Comme si je devais me dépêcher d'aller quelque part.

Ce serait la dernière fois que je parlerais avec Mero Okawa.

Cette pensée fulgurante à la Zarbie :

Reste ici avec mam. Jusqu'à la fin de l'été.

Reste ici pour la rentrée scolaire aussi. Tu pourrais aller au lycée de Skagit à pied.

Nous étions dans le jardin, derrière la maison. Nous aidions mam à enlever les mauvaises herbes et à tailler quelques plantes. Il était à peu près trois heures. Le temps semblait favorable, nous irions sûrement faire de la voile avec Garrett – le ciel était d'un bleu humide et délavé, des nuages d'orage se déployaient à l'horizon, le vent n'était pas trop fort. Je guettais les bruits de moteur de voiture dans la rue, et levais les yeux chaque fois que j'en entendais une. J'essayais de ne pas me sentir aussi intimidée. Je me dis que j'étais bien comme ça, en jeans avec un tee-shirt sans manches, une paire de baskets de mam (avec des semelles en caoutchouc qui, d'après elle, convenaient bien au pont d'un voilier), et mes cheveux coiffés en queue-de-cheval comme d'habitude, sauf que je les avais lavés le matin même pour qu'ils soient plus jolis. Mero Okawa avait dit que mes «cheveux roux étaient de la dynamite» et que j'avais juste le genre de taches de rousseur qui allaient avec. Je crois qu'il était sérieux, bien qu'un peu moqueur, aussi. De toute façon, j'essayais de ne pas trop penser à mon aspect physique, mais plutôt à mon comportement: comment parvenir à être naturelle, détendue, chaleureuse et drôle. *Ce n'est pas un rendez-vous. Samantha aussi est invitée. Garde bien ça en tête.*

J'entendis une voiture approcher, mais elle roulait vite, avec un bruit rageur et impatient qui était inhabituel à Skagit Harbor, où la vitesse est limitée à quarante kilomètres à l'heure en ville. Un véhicule emprunta la petite allée défoncée de mam, puis freina et s'arrêta.

Mon père sortit de la voiture, laissant la portière ouverte derrière lui. Il était en manches de chemise – une coûteuse chemise de soie blanche, habillée – et il portait un pantalon à pli noir, parfaitement repassé, comme s'il sortait d'un colloque important. Son visage brillait d'indignation et de fureur, fluorescent comme un tube de néon. Il cria:

– Francesca ! Samantha ! Venez !

Mam le regarda, les yeux écarquillés, son sécateur à la main. Elle était stupéfaite.

– Reid ? Qu'est-ce qu'il se passe ? Il y a quelque chose qui ne va pas ? Je croyais...

– Vous m'avez entendu, les filles ? Prenez vos affaires. On s'en va.

Samantha se mit à pleurer et courut vers mam. Je restai là, hésitante, ne sachant que faire. J'avais à la main une grosse touffe de pissenlits que je venais d'arracher. Je me rappelai la violence avec laquelle papa m'avait empoignée chez les Blount, et je pensai aussitôt qu'il pourrait recommencer, et qu'il pourrait aussi attraper mam et lui faire mal. Il se dirigeait rapidement vers nous, comme un athlète qui réduit l'écart entre ses adversaires et lui. Lorsque mam lui redemanda d'une voix faible, effrayée, ce qui n'allait pas, mon père lui arracha son sécateur des mains et le jeta par terre. Il lui lança une insulte à la figure, que je préfère ne pas répéter.

Ce n'était pas la première fois que j'entendais cet horrible mot, bien sûr. Mais jusqu'à présent il n'avait jamais été adressé à ma mère.

Ce fut une scène confuse. Le plus important, c'était que le sécateur soit par terre et ne puisse être utilisé pour blesser qui que ce soit. Par ailleurs, papa se calma un peu, comme il le faisait souvent dans ce genre de situation, lorsqu'il voyait qu'on le respectait, qu'on ne lui résistait pas. Il accepta d'entrer dans le bungalow pour discuter, tandis que Samantha et moi les attendions dehors.

Samantha pleurait et avait besoin d'un mouchoir. J'hésitai à entrer dans le bungalow pour en prendre un, mais je compris qu'il valait mieux ne pas y aller. Heureusement, je trouvai une vieille boîte cabossée de Kleenex à l'arrière du break de mam.

Samantha demanda d'une voix larmoyante :

– Pourquoi est-ce que papa est aussi furieux ? Il avait dit qu'on pouvait venir. Il l'avait dit !

– J'imagine qu'il a changé d'avis.

Mon cœur battait si fort que ça me faisait mal. C'était peut-être une montée d'adrénaline. J'avais les idées claires, cependant : si jamais j'entendais mam demander de l'aide ou crier, je me précipiterais chez les voisins pour téléphoner aux urgences.

Je le ferais immédiatement, sans hésiter. Je n'entrerais pas chez elle. Je courrais chez les voisins.

C'était comme le début d'une compétition de natation : on attend le signal du départ.

On attend le signal, on ne plonge pas avant de l'avoir entendu.

On attend le signal, c'est tout.

Mais il n'y eut aucun signal. Nous avons attendu

dix minutes. Puis maman est apparue dans l'embrasure de la porte, les yeux rouges et gonflés, l'air malade. Papa était à côté d'elle, portant mon sac et celui de Samantha.

Mam dit :

– Francesca, Samantha. Il faut rentrer à la maison avec votre père. Tout de suite. J'ai déjà emballé vos affaires.

Samantha protesta :

– Mais, mam…

– Samantha, fais ce que je te dis. Pars avec ton père. Et Francesca…

Samantha courut vers elle et lui entoura les hanches de ses bras, comme un petit enfant effrayé. Mam se raidit, comme si elle n'osait bouger. Elle répéta :

– Partez avec votre père, s'il vous plaît. Samantha, Francesca. Tout de suite.

Son visage était rigide, comme un masque. Elle avait le regard vide.

J'aurais voulu lui crier *pourquoi tu nous as emmenées ici, si tu ne peux pas nous garder ?*

Samantha pleurait :

– Viens à la maison toi aussi, mam ! Viens avec nous ! Maintenant !

Tout ce que mam pouvait faire, c'était répéter, comme hébétée :

– Non, Samantha, non.

– Maman…

Mam se boucha les oreilles, se plia en deux, comme si elle avait reçu un coup dans l'estomac. Elle dit, d'un air implorant :

– Non. Partez ! Partez avec votre père. Vous ne pouvez pas rester avec moi, il n'y a pas de place, pour l'amour de Dieu, allez avec lui.

Papa fit comme s'il n'avait pas entendu. Comme s'il était au-dessus de tout ça. Sans un mot, il chargea nos sacs dans sa voiture – une nouvelle Mercedes argentée, étincelante – et les rangea dans le coffre. Nous le suivîmes, comme assommées.

Sans nous retourner, sans un regard pour mam.

Elle était si faible, si pathétique ! Elle ne me faisait même plus de peine, à présent, tout ce que je voulais, c'était m'éloigner d'elle.

Plusieurs heures plus tard, je m'apercevrais que j'avais oublié Garrett.

Et beaucoup plus tard encore, je m'apercevrais que ce devait être la dernière fois que je voyais ma mère.

– Votre mère est amoureuse d'un autre homme. Quoi qu'elle vous ait dit, elle l'a choisi lui, au détriment de sa propre famille. Elle devra vivre avec la décision qu'elle a prise. Nous ne pourrons jamais le lui pardonner.

La voix de papa tremblait d'indignation. Mais il réussit quand même à nous sourire. Il tenait la main de Samantha dans sa main gauche et la mienne dans sa main droite, sans s'apercevoir qu'il nous serrait fort, jusqu'à ce que Samantha laisse échapper une petite plainte. Alors, il nous lâcha.

– J'espère que vous comprenez, les filles. En fait, il n'y a rien à ajouter.

Samantha s'essuya le nez sur le dos de sa main, et murmura « compris ».

Je pense que je balbutiai la même chose. En tout cas, je donnai la réponse qui convenait à papa.

Car il sourit, heureux tout d'un coup. Et il nous serra dans ses bras, toutes les deux.

– Mes belles et grandes filles !

Papa nous présenta notre nouvelle gouvernante-cuisinière, une Péruvienne potelée à la peau sombre, et au sourire timide. Elle avait un prénom mélodieux comme Lorita ou Loreena. Elle pouvait aussi bien avoir trente-cinq ans que cinquante-cinq. Papa nous dit qu'elle travaillerait six jours par semaine, et qu'elle serait en congé le dimanche. Ses spécialités étaient les bananes frites, le pudding au riz, la soupe de pois chiches, le poulet rôti, le bar grillé et la « pizza péruvienne ». Papa se frotta les mains, tout joyeux.

– Appétissant, hein, les filles ? Plutôt cool, non ?

Je souris à Lorita, ou Loreena, Samantha lui sourit et elle nous sourit aussi. C'était une femme petite, qui ne mesurait pas plus d'un mètre cinquante. A côté d'elle, papa se dressait comme un géant.

Samantha ne demanda pas si l'emploi du temps de six jours sur sept de la nouvelle gouvernante signifiait que mam ne reviendrait plus à la maison. Francesca ne se renseigna pas non plus.

Amoureuse d'un autre homme. Nous ne pourrons jamais le lui pardonner.

Est-ce que je croyais ces mots ? Je ne sais pas. Ai-je jamais pensé qu'il y avait un autre homme dans la vie de mam ? Je ne sais pas. Est-ce que j'y croyais, tout en ayant le sentiment que non, il n'y avait pas d'autre homme, qu'il ne pouvait pas y en avoir, que mam était partie à Skagit Harbor pour être libre ? Pourtant, si papa disait qu'il y avait un homme, c'est qu'il devait y en avoir un.

Et nous ne pourrons jamais le lui pardonner.

– Franky ? Je ne voudrais pas que tu penses qu'il y a quelque chose de bizarre ou quoi que ce soit, d'accord ?

Twyla semblait gênée. Il était rare qu'elle se trouve dans une situation embarrassante : c'était la fille la plus équilibrée de notre classe à Forrester. J'étais donc en Zarbie état d'alerte. J'essayai de sourire.

– Bien sûr, Twyla. Qu'est-ce qui se passe ?

– Eh bien, ta mère m'a téléphoné. Hier.

Lorsque quelqu'un enlève sa chaussure, on attend naturellement qu'il enlève la seconde. J'attendais donc qu'elle m'en dise davantage.

– Ma mère ? Ma mère t'a appelée ?

Twyla acquiesça d'un signe de tête. Nous avions joué au tennis, et elle avait remporté tous les jeux, ce qui n'avait pas été très difficile, à vrai dire, car je n'étais pas d'humeur à gagner, ni même à essayer.

Pour cela, il faut croire qu'IL EST IMPORTANT DE GAGNER. Mon côté Zarbie trouvait plus agréable de laisser la victoire à une amie, c'est un petit cadeau qu'on peut lui faire, du moment qu'elle ne s'en aperçoit pas. J'étais en train de penser que j'aimais vraiment Twyla. Elle était comme une sœur, une sœur du même âge que moi. Vu l'état d'esprit dans lequel j'étais à ce moment-là, j'avais besoin d'elle.

Twyla dit :

– Ta mère a téléphoné, elle a échangé quelques mots avec la mienne, puis elle a demandé à me parler... alors nous avons discuté pendant une demi-heure environ. C'était sympa.

Twyla s'interrompit, et le mot « sympa » flotta dans l'air, restant suspendu entre nous. Quand on dit que quelque chose est « sympa », qu'est-ce qu'on entend par là exactement ? Twyla était assise sur un banc derrière les courts de tennis. Elle buvait de l'eau d'Évian à petites gorgées, ses jambes minces et nues étroitement croisées au niveau des genoux, et nouées aux chevilles pour plus de sécurité ! Twyla, toujours cool, essayait de ne pas montrer son malaise, tandis que je la regardais fixement.

Je n'avais pas parlé à ma mère depuis plus de deux semaines. Depuis le jour où papa était venu nous chercher, Samantha et moi, à Skagit Harbor. Il nous disait *Votre mère est injoignable dans son propre univers, les filles.* Je n'étais pas sûre de bien comprendre le sens de cette phrase. Si je demandais à papa, si je respirais à fond et osais lui demander, il me clouait le bec avec un bref sourire en lame de rasoir, et un geste menaçant de l'index. Je me demandais si mam avait essayé de nous appeler, sans y parvenir. Je gardais mon portable éteint. Je ne répondais jamais au téléphone fixe du salon et n'écoutais pas le répondeur de la ligne familiale.

Je n'appelai pas une seule fois le numéro de mam à Skagit Harbor. Au bout d'un certain temps, j'eus même l'impression de l'avoir perdu.

Je demandai à Twyla ce que ma mère voulait.

Twyla dit :

– C'est pas très clair, Franky… En fait, je ne sais pas exactement. Je crois qu'elle voulait juste parler… parler de toi.

C'était trop fort ! Ma mère appelait ma meilleure amie derrière mon dos.

Je sentis une Zarbie-flamme m'embraser. C'était comme si ma mère me trahissait. Ce qui se passait dans ma famille ne regardait en aucun cas Twyla !

Un frisson de peur me traversa. *Il valait mieux que papa n'apprenne pas cette trahison.*

– Te parler de moi, Twyla ? Pour te demander quoi ?

Twyla haussa les épaules, se renfrognant. Ses beaux yeux étaient évasifs.

– Elle voulait simplement savoir si je te voyais. Si on discutait, toutes les deux. Je lui ai expliqué que j'étais partie camper, mais qu'on se retrouverait au tennis aujourd'hui. Elle m'a demandé quand, quand exactement, à quelle heure. Et où nous jouions. Et si tu avais pris des leçons cet été, ce qui m'a un peu étonnée. Je veux dire, ta mère devrait le savoir, non? Peu à peu, j'ai compris qu'elle n'était pas chez vous. Elle me posait des questions, parce qu'elle ne t'avait pas parlé depuis longtemps. Je crois qu'elle était contente de m'entendre dire ton nom, Franky. Alors qu'elle continue à t'appeler Francesca. Sa voix n'était pas tout à fait comme d'habitude, elle semblait agitée, nerveuse. A la fin, je lui ai demandé: «Mrs Pierson, quelque chose ne va pas? Vous ne voyez pas Franky, en ce moment? Je croyais que Franky était à la maison.» Elle m'a répondu: «Tout va bien, Twyla. Je passe simplement une partie de l'été à Skagit Harbor, et je me sens un peu seule, ici.»

Twyla se tut. Elle but une longue gorgée d'eau.

Sa peau parfaite semblait soudain moins parfaite, comme si cette conversation lui donnait de l'urticaire.

Je dis:

– Mes parents ne sont pas séparés, Twyla, si c'est ce que tu veux savoir.

J'essayais de prendre un ton Zarbie-cool, mais ma voix ressemblait à un craquement de spaghettis crus.

– Oh non, non.

– Cet endroit, à Skagit Harbor, est une petite maison d'été que possède ma famille. Ma mère y est allée quelque temps, pour faire de la sérigraphie. De la poterie. Il y a une galerie là-bas qui expose ce qu'elle fait.

Twyla souriait, d'un air encourageant.

– Dis donc, Franky, c'est super !

– Mes parents ne sont pas séparés. Simplement, mon père voyage beaucoup pour son travail.

Comme si c'était une nouveauté, une nouvelle étonnante qu'il fallait communiquer à Twyla ! Mais elle dit :

– Oh, je sais ! Reid Pierson est toujours à la télé. Dès qu'il se passe quelque chose quelque part.

– Ma mère est donc partie dans ce bungalow pour les vacances. Quelques semaines. On vient d'aller la voir, Samantha et moi, et on va y retourner dans quelques jours. Nous y resterons jusqu'au Labour Day, au début du mois de septembre.

Twyla me posa des questions sur Skagit Harbor, pas seulement par politesse, mais parce que ça l'intéressait sincèrement (enfin, je crois). Un oncle à elle avait une magnifique maison de vacances à Port Greene, dans le même coin. Je lui parlai donc du bungalow de mam, de son travail artistique, de la beauté de la petite ville, et de ce type que j'avais rencontré, Garrett, qui allait bientôt m'emmener faire de la voile... Je parlais, et ma voix sonnait étrangement à mes oreilles, véhémente, enthousiaste. Je voulais que Twyla sache que tout allait bien dans la famille Pierson, exactement comme dans sa famille.

Mais j'aurais voulu lui avouer *Twyla, j'ai si peur!*

J'aurais voulu l'implorer *Twyla, ne dis rien à personne, d'accord? Ne me trahis pas.*

Nous avions fait une longue pause. Il était temps de recommencer à jouer au tennis.

Alors que nous revenions vers le court, Twyla fit quelques mouvements d'échauffement avec sa raquette, et me lança, comme si elle venait de s'en souvenir:

– Oh, Franky! Au moment de raccrocher, ta mère m'a demandé de te dire: «N'oublie pas Mister Coq.»

L'appel : 25 août. 12

Lorsque le téléphone sonna à dix heures et demie du soir, je fus frappée par l'envie que j'avais que ce soit mam. Je ne lui avais pas parlé depuis le 27 juillet : le Dimanche de la Trahison. Je savais qu'elle nous avait téléphoné. Notre nouvelle gouvernante avait reçu des instructions de papa sur la façon de répondre à l'absente Mrs Pierson si/quand elle téléphonait, pour éviter au reste de la famille d'avoir affaire à elle. Je laissais mon téléphone portable éteint sauf quand je m'en servais, mais je ne m'en étais pas servie pour appeler mam, et je ne le ferais pas. Je comptais pourtant les jours qui s'étaient écoulés depuis ce dimanche. *Vous ne pouvez pas rester avec moi, il n'y a pas de place. Allez avec lui !*

Le téléphone sonnait. Notre gouvernante ne répondrait pas, si tard le soir. Papa n'était pas encore rentré. Todd habitait à la maison jusqu'à la fin de l'été, mais il passait la soirée dehors, lui aussi. Je restai paralysée, les yeux fixés sur le téléphone. J'enfonçai mes ongles dans la paume de ma main. «Je te déteste. Je ne t'aime pas. C'est à toi de t'en aller.»

Je vis ma main avancer et décrocher le récepteur.

Ne vous laissez pas manipuler, les filles. C'est une femme qui s'y connaît en chantage affectif. Du genre de celles qui vous trahissent, et vous en veulent de ce qu'elles vous ont fait.

Vous ne pouvez pas vivre avec nous deux. Il va falloir choisir.

Samantha avait choisi, comme moi.

En disant:

– Toi, papa.

Avec un bref sourire effrayé. Son pouce contre sa bouche.

Et moi, j'avais murmuré, en avalant difficilement ma salive:

– T… toi, papa.

J'avais parlé d'une voix rauque et fêlée. J'étais hébétée, je me sentais tellement fatiguée! Zarbie était si loin de moi à ce moment-là que je pouvais à peine me rappeler comment je me sentais quand elle était là.

Zarbie les Yeux Verts? Mes yeux injectés de sang étaient d'un vert fané.

C'était pourtant la bonne réponse. Papa nous sourit,

aussi excité qu'un petit garçon, et se pencha pour nous embrasser. C'était notre récompense. C'était notre promesse: papa nous aimait, nous ses belles et grandes filles, il nous protégerait, parce qu'il était fort. *Votre mère vous a trahies.*

Il n'avait pas besoin de nous dire *votre mère ne peut pas vous protéger.*

Mam nous avait écrit à Samantha et moi, je pense. J'en suis même presque sûre. Mais papa avait fait acheminer tout notre courrier dans une boîte postale. C'est lui qui possédait la clé de cette boîte, qui se trouvait dans la gare de Yarrow Heights. Je ne la verrais jamais.

Plus les jours passaient, plus j'étais révoltée par l'attitude de ma mère. Je la revoyais, l'air accablé, pliée en deux comme si elle avait reçu un coup dans l'estomac, faisant le geste de nous repousser, et disant à Samantha de s'en aller: «*Partez avec lui!*»

Nous étions parties avec lui. Nous étions parties avec papa. Ce qu'il nous disait sur notre mère nous faisait comprendre qu'elle nous avait trahies.

Je ne rapportai pas à papa que mam avait appelé Twyla pour lui demander de mes nouvelles.

Je ne voulais pas le contrarier davantage.

J'étais furieuse contre Twyla, aussi. Ma soi-disant Meilleure Amie. Finalement, il vaut peut-être mieux ne pas avoir de Meilleure Amie, si c'est pour qu'elle parle derrière votre dos et raconte vos secrets aux autres. J'imaginais Twyla au téléphone, en train de dire à Jenn, Marnie, Leona, *tu es au courant, Mr et Mrs Pierson sont séparés? Mr Pierson n'habite plus chez elle. Si tu demandes à Franky, elle nie tout catégoriquement, c'est pathétique.* Au tennis, pour les trois derniers jeux, je fis des services canon qui arrivèrent au ras du filet, droit sur Twyla, et le reste du temps, je l'obligeai à courir, haletante, d'un bout à l'autre du court, envoyant les balles avec une précision cruelle. J'étais sous le contrôle d'une Zarbie méchante, animée par un esprit de vengeance. Mon père aurait été fier de moi s'il m'avait vue! Twyla avait été flattée, quand le professeur de tennis lui avait dit, au club, qu'elle jouait bien pour son âge et sa taille. Maintenant, Zarbie lui montrait ce qu'il en était, révélant impitoyablement ses faiblesses! A la fin du set, son visage était écarlate et marbré, ses cheveux bruns, soyeux, lui retombaient dans la figure. Elle dit, d'une voix blessée, étonnée:

– Oh, Franky! Qu'est-ce qui te prend?

Sur le moment, je me trouvai géniale, mais après, quand je fus seule, je m'en voulus.

Twyla ne m'appela pas souvent pendant ce mois d'août. Je me dis que je m'en foutais pas mal.

Le téléphone sonnait et je décrochai. La main tremblante, je portai le récepteur à mon oreille.

– Allô ?

– Francesca ? Dieu merci, tu as répondu.

C'était elle. C'était mam.

Elle me demandait comment j'allais, et je répondis « bien », d'une voix plate et indifférente, d'une voix qui signifiait *pourquoi est-ce que tu m'appelles, pourquoi maintenant ? J'en ai tellement assez de tout ça.* La voix de maman était tendue et anxieuse. On aurait dit qu'elle avait un mauvais rhume. Qu'elle faisait des efforts pour parler clairement, pour ne pas balbutier ou fondre en larmes. Je fermai les yeux. Je la voyais à travers les yeux de mon père, dans ce joli petit bungalow où elle vivait sa vie parfaite, sa vie égoïste. Dans sa maison de poupée. Dans son propre univers. Elle me disait à quel point nous lui manquions, Samantha et moi, comme elle aurait voulu que nous soyons avec elle. Comme elle se sentait seule, là-bas. En même temps, elle m'implorait de ne pas dire à notre père qu'elle avait appelé, car il le lui avait interdit. Elle lui avait promis qu'elle ne le ferait pas, mais elle n'avait pu s'en empêcher, elle avait trop besoin d'entendre ma voix.

– Oh, Francesca, vous savez que je vous aime, Samantha et toi, non ? Vous n'allez pas cesser de m'aimer ?

J'avalai péniblement ma salive. Je n'éclaterais pas en sanglots.

Je dis :

– Tu peux revenir à la maison, mam. Quand tu veux.

Ma mère balbutia :

– Francesca… non. Ma chérie, je ne… p-peux pas.

– Qu'est-ce que tu entends par là ? Tu peux très bien revenir !

– Plus maintenant. Je ne peux plus.

– Tu mens. Papa dit que tu peux revenir vivre avec nous quand tu voudras. Mais que tu ne veux pas.

– Francesca, non. S'il te plaît, ma chérie. Ne me demande pas de t'expliquer, c'est trop dur au téléphone. Il faut qu'on se voie toutes les deux…

J'avais envie de lui raccrocher à la figure. *Ne me demande pas de t'expliquer.*

Cela me rappelait la façon dont elle avait repoussé Samantha, et nous avait crié : *Vous ne pouvez pas rester avec moi, il n'y a pas de place.*

Elle se mit à pleurer. Ce chantage aux sentiments m'était insupportable, je la détestais. Je savais exactement ce qu'elle faisait. Je restai silencieuse si longtemps qu'elle demanda anxieusement :

– Francesca, tu es toujours là ?

Je répondis :

– Oui, mam, où veux-tu que je sois ?

C'est alors que j'entendis le bruit d'une voiture dans l'allée. C'était probablement papa qui rentrait, et il valait mieux que j'interrompe la communication.

– Je vais raccrocher, maintenant. Il serait peut-être préférable que tu ne rappelles pas. Nous rentrons à l'école dans quinze jours, Samantha et moi. Si tu ne reviens pas avant, alors s'il te plaît, s'il te plaît, s'il te plaît, ne reviens plus jamais.

– Francesca, ma chérie…

– Je ne m'appelle pas Francesca ! Je déteste ce prénom ! Et je te déteste toi aussi. Au revoir !

Ce fut la dernière fois que je parlai à Krista Connor, ma mère.

Le dernier jour : 26 août . 13

Lorsque quelque chose arrive *pour la dernière fois,* on ne s'en rend pas toujours compte. C'est comme le *passage* d'un territoire connu à un territoire inconnu, qui se produit parfois sans que l'on s'en aperçoive.

Quand on m'interrogerait sur ce jour-là, par la suite, j'essaierais de me rappeler la succession chronologique des événements. Je dirais la vérité. Mais je ne dirais pas toute la vérité. Car la plus grande partie de cette journée était irréelle pour moi, comme un rêve brisé en morceaux. Un horrible rêve brisé en horribles morceaux.

Toute la matinée, j'attendis que le téléphone sonne. Soudain, je voulais entendre mam. Je cherchai son numéro dans ma chambre, je le cherchai partout, mais il me fut impossible de le retrouver.

C'est alors que je compris, je crois. Je compris que quelque chose n'allait pas.

J'essayai d'obtenir le numéro de Krista Connor par les renseignements de Skagit, mais on me dit qu'il était sur la liste rouge.

Je demandai celui de Mero Okawa. Mais, lorsque je le composai, je tombai sur son répondeur: « Bonjour ! Mero n'est pas là pour le moment. Vous pouvez laisser un message...»

Deux des photos Polaroïd que Mero avait prises de mam, Samantha et moi, trônaient sur mon tableau d'affichage. Je les regardai longtemps, comme si elles contenaient un secret. L'une d'elles avait été prise à l'Orca Gallery, devant une magnifique sérigraphie cramoisie de mam, et l'autre en plein vent, devant le restaurant qui donnait sur le fleuve. Mam était au milieu, nous tenant par la taille, Samantha et moi. Nous avions toutes les trois un sourire épanoui.

Je m'aperçus avec surprise que nous avions à peu près la même taille, ma mère et moi, et que nos traits, surtout les yeux, se ressemblaient beaucoup.

Je me sentais hébétée, hors de la réalité. Je ne laissai pas de message à Mero.

La veille au soir, c'était bien mon père qui était rentré à la maison pendant que j'étais au téléphone avec mam. J'avais raccroché précipitamment, et il ne s'était douté de rien.

Il avait frappé à la porte de ma chambre pour me dire bonsoir. Il semblait fatigué, avec des cernes noirâtres sous les yeux, où restaient des traces grumeleuses de maquillage télé qu'il n'avait pas pris la peine d'enlever. Papa avait travaillé toute la journée sur un documentaire, tourné en extérieur, à Seattle. Il était fatigué, me dit-il. En plus, il avait une sinusite aiguë et de violents maux de tête. C'était sûrement le début d'une allergie.

– La maison est pleine de poils de ce foutu chien ! Les tapis surtout. Je le sens.

Je lui dis gentiment :

– Ça fait quand même un moment que Rabbit n'est plus là. Peut-être que...

– Je le sens, je te dis. Ce sale rat de terrier, j'ai l'impression qu'il dort dans mon lit.

Le lendemain matin, papa partit pour les studios de télévision vers huit heures, mais à neuf heures et demie, son assistant téléphona pour demander où se trouvait Mr Pierson. Notre gouvernante prit l'appel et me passa la communication.

– Francesca ? Holly Merchant à l'appareil. On attend votre père depuis quarante minutes, et on n'arrive pas à le joindre sur son portable. Il ne serait pas encore chez vous, par hasard ?

– Non, je suis sûre qu'il n'y est pas, répondis-je.

Je courus quand même dans la chambre de papa pour vérifier, dans son bureau, dans le living-room, dans la salle de gymnastique au sous-sol. Il n'était pas là, bien sûr. Une de ses voitures, la nouvelle Mercedes, était sortie du garage.

Plus tard, vers midi, Holly Merchant rappela pour dire que mon père était arrivé et de ne pas m'inquiéter. Il était d'abord passé au service des urgences de Seattle pour se procurer des médicaments contre sa sinusite.

Lorsque papa rentra à la maison, vers sept heures du soir, il marchait d'un pas mal assuré, et avait les yeux brillants. Il émanait quelque chose d'étrange de lui, comme s'il avait de la fièvre et des vertiges. Il s'était à moitié démaquillé, mais il restait des traces grumeleuses et sèches sur son front. Il me répéta ce que Holly Merchant avait dit au téléphone : il était passé dans un service d'urgences, on lui avait prescrit un médicament à base de codéine qui lui avait permis de tenir pendant les heures d'enregistrement de l'émission. On lui avait recommandé de dîner tôt, de prendre un autre cachet, de se coucher tout de suite après et de dormir douze heures d'affilée.

Il avait donc dîné tôt, dans la cuisine. Les plats péruviens étaient savoureux, mais assez riches, lourds, et malgré tous ses efforts, papa ne parvint pas à manger beaucoup : il faisait passer chaque bouchée en buvant de l'eau glacée et de petites gorgées de vin rouge. Todd était à la maison pour un mois, il participait à un stage de football américain dans les Cascade Mountains, aussi la conversation se déroula-t-elle surtout entre eux. La grande nouvelle était que Todd passait de l'université de l'État de Washington à celle de Belligham, plus à l'ouest, où il avait de meilleures chances de jouer des matchs importants. (Il était évident que c'était papa qui avait arrangé son transfert, car Todd avait fait sa demande en retard.)

Je voulus me joindre à la conversation – je ne supportais pas qu'on en soit exclues, Samantha et moi –, je dis donc en souriant :

– Ça alors, c'est super, Todd ! Vraiment super ! On va suivre toutes les rencontres de la saison.

– Ouais, répondit-t-il, en me jetant à peine un coup d'œil.

Toute son attention était concentrée sur papa, comme d'habitude.

Todd s'était alourdi depuis le début de l'été. Je crois qu'il se préparait à devenir défenseur. Les muscles gonflaient son cou et ses bras. Il avait des boutons sur le front, son visage était rougeaud, et comme rugueux. Il riait beaucoup, mais semblait nerveux. Je pensai soudain *il est sous stéroïdes.*

C'était une hypothèse inquiétante. Pas seulement parce que les stéroïdes étaient dangereux, mais parce que Todd était le fils de Reid Pierson qui, comme toutes les autres personnalités chargées du sport à la télévision, avait clairement pris position contre le dopage des athlètes.

Vers le milieu du dîner, papa ferma les yeux et murmura :

– Mon Dieu. Je suis complètement mort !

Il avait laissé la moitié de ce qu'il y avait dans son assiette, et bu un verre de vin entier, ce qui ne devait pas être très indiqué, vu qu'il prenait des médicaments à la codéine. Il essaya de rire, se leva en titubant. Nous le regardions avec inquiétude, Samantha, Todd et moi.

– Allons, les filles, allons, les infirmières ! Votre pauvre vieux papa a besoin de vous. Une jolie infirmière sous chaque bras, hop !

C'était bien lui ! Il ne pouvait s'empêcher de tourner sa maladie en dérision. Il détestait toute forme de faiblesse, surtout de sa part. Nous l'aidâmes donc, Samantha et moi, à descendre l'escalier jusqu'à sa chambre, tandis que Todd nous suivait de près, au cas où notre père aurait eu besoin d'une aide supplémentaire. Papa s'appuyait sur nous, il était lourd, et très chaud. Ce n'était pas de la comédie – il avait réellement besoin de nous. Le temps de descendre jusqu'à sa chambre, nous étions tous essoufflés, y compris Todd, qui le guidait vers son lit. Mais papa refusa qu'on l'aide à se déshabiller.

– Bonne nuit, les filles. 'Nuit, Todd. Vous êtes des enfants formidables. Je vous adore.

Il s'assit lourdement au bord de son lit, tirant sur sa chaussure.

– Il faut espérer que votre pauvre vieux père passera la nuit.

Todd referma la porte. Nous restâmes tous les trois un bon moment dans le couloir, pour voir si papa n'allait pas nous rappeler. Il n'en fit rien, bien sûr. Il était trop fier pour ça.

Todd se retourna et s'éloigna, n'ayant, de toute évidence, aucune envie de supporter ses sœurs, mais il ne put nous empêcher de le suivre. Nous nous sentions seules, inquiètes. Samantha pleurnichait :

– Et si papa était malade ? Gravement malade ?

Todd nous foudroya du regard et dit :

– C'est « elle », la cause de sa maladie. Il est allergique à cette femme.

– Quelle femme ? Qui ?

Pendant un moment de confusion, je crus que Todd voulait parler de notre nouvelle gouvernante.

– Elle. A Skagit Harbor. La putain.

– Todd !

J'étais si choquée, que je ne trouvais plus mes mots. C'était terrible d'entendre mon frère dire une chose pareille de ma mère, et devant Samantha, en plus. Je protestai faiblement :

– C'est ta mère, à toi aussi !

Todd lança d'un ton railleur avant de s'en aller :

– Non, c'est ma belle-mère. C'est votre mère à vous.

II
Portée disparue

L'interrogatoire : 1er septembre . 14

Quand, où ai-je vu ma mère pour la dernière fois ?

A Skagit Harbor, au cours du mois de juillet.

Il me semble… Non, je ne me souviens plus de la date. Je n'y ai pas beaucoup pensé depuis.

Personne ne peut m'arrêter pour ça, si ?

Non. Je vous l'ai déjà dit, je ne les ai jamais entendus se disputer.

Si des affaires de ma mère ont disparu de la maison, c'est qu'elle a dû passer les prendre. Pendant la nuit, peut-être, je ne sais pas.

Non, je ne vais jamais dans l'atelier de ma mère. En fait, je ne me rappelle même pas la dernière fois que j'y suis entrée. Je ne regarde pas dans ses placards, je ne vois pas pourquoi je le ferais.

Non, vraiment pas. Il n'y avait pas d'intimité entre nous. C'est de mon père que je me sens proche. Comme tout le monde.

Je vous l'ai dit, il me semble que oui. Il me semble que j'ai rencontré Mero Okawa.

Je m'en souviens vaguement. A moins que je ne le confonde avec quelqu'un d'autre. Les nouveaux amis de ma mère, à Skagit Harbor, n'avaient pas beaucoup de réalité pour moi.

Faites-moi passer au détecteur de mensonges, si vous ne me croyez pas.

Quand ai-je parlé à ma mère pour la dernière fois ?

Je préférerais que vous l'appeliez « Krista Connor ». Je préférerais que vous ne mentionniez pas sans arrêt que c'est ma mère.

« Krista Connor » est son nom professionnel, son nom d'artiste. A Skagit Harbor elle ne se faisait jamais appeler « Krista Pierson ». Elle n'était pas notre mère, là-bas. C'est elle qui en avait décidé ainsi.

Elle nous a renvoyées. Elle a prétendu que son bungalow était trop petit pour nous. Pour nous trois.

Est-ce que c'était vraiment trop petit ?

Je ne m'en souviens pas.

Demandez à mon père. Il vous le dira.

Mon père dit toujours la vérité.

Quand ai-je parlé à Krista Connor pour la dernière fois?

Comment savez-vous que ce n'était pas le jour où je l'ai vue pour la dernière fois?

Eh bien, c'est évident, d'après ce que vous me dites. Il suffit de vous entendre. Vous m'avez posé deux questions différentes. Vous connaissez donc probablement la réponse.

Car si vous avez décidé de me poser deux questions distinctes – quand j'ai vu ma mère pour la dernière fois, et quand je lui ai parlé pour la dernière fois – c'est que vous savez que le jour où j'ai parlé avec ma mère, c'était au téléphone, et non pas en sa présence.

Vous savez donc que ma mère a appelé, et que j'ai décroché l'appareil. Vous devez savoir aussi combien de temps a duré cet appel. D'après l'avocat de mon père, Mr Sheehan, vous avez le droit d'analyser les enregistrements téléphoniques, vous avez donc tous les renseignements, pourquoi me posez-vous des questions, puisque vous savez déjà tout?

C'était en juillet, à la fin du mois. C'est à ce moment-là qu'elle nous a invitées à Skagit Harbor, avant de nous renvoyer.

Ensuite, je ne sais pas. Vous me l'avez déjà demandé. C'est notre gouvernante qui répondait au téléphone la plupart du temps.

Non. Papa ne nous avait pas « donné l'ordre » de raccrocher si notre mère nous appelait. C'est à nous de prendre nos propres décisions, selon notre conscience, voilà ce que dit notre père.

C'est au mois d'août qu'elle a appelé. Je veux dire, que j'ai répondu au téléphone.

Vous le savez, vous avez l'enregistrement de ses appels, pourquoi me demander combien de temps nous avons parlé?

Surtout qu'en fait, « nous » n'avons pas parlé. C'est mam qui m'a parlé.

Pourquoi a-t-elle appelé?

Je ne sais pas.

Je ne m'en souviens pas.

… Eh bien, c'était peut-être pour dire qu'on lui manquait, Samantha et moi.

Je pense que c'était pour ça.

Combien de temps a-t-elle parlé?

Avant que je raccroche?

Pourquoi me le demander, puisque vous avez l'enregistrement de ses appels? A moins que vous essayiez de me piéger.

A moins que ce soit un jeu.

Si j'ai une idée de l'endroit où peut se trouver Krista Connor?

J'ai déjà répondu à cette question: NON, JE N'EN SAIS RIEN.

NON, elle ne m'a pas dit où elle allait. NON, elle ne m'a pas dit avec qui elle partait. NON, je ne vois absolument pas pourquoi elle aurait «disparu».

Non, je ne suis pas fâchée contre Krista Connor. Je n'éprouve pas de sentiment pour Krista Connor.

Aucun de nous n'en éprouve. Dans notre famille.

Parce qu'elle nous a abandonnés.

Parce qu'elle nous a trahis.

Parce qu'elle nous a quittés pour vivre dans son propre univers.

Elle a même emmené Rabbit avec elle.

Rabbit? Notre jack russel terrier.

Il nous manque. La maison semble vide sans lui… Vous voyez, notre mère n'avait pas le droit d'emmener Rabbit avec elle, c'est pour ça que mon père dit que c'est une femme égoïste.

Et maintenant, Rabbit est introuvable, lui aussi. «Disparu».

NON, papa n'a jamais «donné de coups de pied» à Rabbit, il ne l'a jamais «frappé»!

Qui vous a raconté ça?

NON, papa ne m'a jamais «frappée ni menacée». NON, papa ne m'a jamais «brutalisée».

Et Samantha non plus.

Si ma tante Vicky dit ce genre de choses, c'est qu'elle… ment.

Si la famille de ma mère dit ce genre de choses…

Si les amis de ma mère disent ce genre de choses, c'est qu'ils mentent tous, et je les déteste.

Maria? Maria a laissé entendre que…?

Elle ment. Elle a l'esprit confus.

Non, je ne sais pas pourquoi Maria inventerait tout ça. C'est mam qui a dû le lui raconter, et mam mentait. Elle a dû prétendre que papa lui avait fait mal, alors qu'elle s'était blessée elle-même d'une manière ou d'une autre.

Des bleus sur son cou? Des marques? Ensuite, elle les cachait sous une écharpe?

Non. Je ne sais pas. Si elle s'infligeait ça à elle-même, je ne sais pas pourquoi.

Peut-être que Maria veut se venger. Il l'avait licenciée parce qu'elle volait, d'après lui.

C'est papa qui nous en a parlé. Pas elle. Elle ne nous a jamais rien dit. Elle ne voulait pas qu'on lui demande d'explications. Elle nous a crié: «Allez-vous-en! » Et nous sommes parties. Mais nous ne la détestons pas.

Non, c'est papa qui nous l'a appris, en revenant de Skagit Harbor. Il a dit…

«Votre mère est amoureuse d'un autre homme.

«Elle l'a choisi, au détriment de sa propre famille.

«Nous ne pourrons jamais le lui pardonner.»

Nous sommes entièrement du côté de papa.

Non, papa ne nous a pas donné l'identité de l'autre homme.

Non, je ne sais pas s'il la connaît. Si elle la lui a révélée.

Non. Papa n'était pas en colère. Il n'est pas en colère. Mon père ne se met jamais en colère.

Todd est le plus écœuré de tous. Il nous a fait pleurer, Samantha et moi, en traitant notre mère de putain.

Est-ce que je pense que Krista Connor est une...?

Je ne sais pas. Je n'y pense pas.

Je veux passer au détecteur de mensonges, vous ne me croyez pas.

Oui, Todd a une autre mère. Il n'est pas le fils de Krista Connor. Sa propre mère est morte, et papa s'est remarié. Todd devait avoir quatre ans. C'est de l'histoire ancienne. Nous n'y pensons jamais.

OUI, papa est resté à la maison toute la nuit. VOUS ME L'AVEZ DÉJÀ DEMANDÉ.

OUI, je le saurais s'il était sorti. OUI, je pourrais le jurer.

NON, papa ne m'a pas soufflé ce que je devais raconter.

NON, je n'en ai pas discuté avec Samantha, ni avec Todd.

Mr Sheehan m'a conseillé de ne pas répondre à cette question, mais ce n'est pas la raison pour laquelle je n'y réponds pas. Je n'y réponds pas parce que JE VOUS AI DÉJÀ DIT QUE JE NE SAIS PAS.

Oui, je l'aime beaucoup. C'est un père merveilleux, et je… je l'aime vraiment beaucoup.

Mero Okawa? Vous m'avez déjà posé la question: je ne sais rien sur lui.

La seule chose que je sache, c'est qu'il est «porté disparu», lui aussi.

Je vous l'ai répété, je ne m'en souviens pas. Je crois qu'il tenait une galerie, là-bas. Il a pris des photos Polaroïd d'un tas de gens, pas seulement de nous.

Non, papa n'a jamais rencontré Mero Okawa.

Oui, papa est venu à Skagit Harbor. Il est venu nous chercher Samantha et moi, pour nous ramener à la maison. Mais il n'a jamais rencontré Mero Okawa, je le sais.

Comment je le sais? Je le sais.

Parce que mon père le dit. Et qu'il ne ment jamais.

Je commence à oublier beaucoup de choses. Je ne dors pas très bien, et c'est comme si mon cerveau se fermait pendant la journée. Surtout à propos de Krista Connor, je commence à oublier.

Parce qu'elle m'a oubliée, voilà pourquoi.

Même avant le 26 août, elle avait commencé à m'oublier. Je ne peux pas le lui pardonner.

Personne ne peut me forcer à me souvenir. J'ai le droit d'oublier.

La disparition : 27 août. 15

Voilà ce que je sais, et ce que j'ai dû reconstituer par mon imagination.

Vers midi ce jour-là, un mercredi, Mélanie Blanchard, l'amie et voisine de Krista Connor, est passée devant le bungalow de Krista dans Deer Point Road. Voyant que la voiture de Krista était sur le chemin, et sachant qu'elle travaillait toujours le matin, Mélanie a frappé à sa porte, qui était doublée d'une moustiquaire mais personne n'a répondu. Elle a vu que la lumière était allumée à l'intérieur. Elle a appelé derrière la porte :

– Krista ? Salut, c'est Mélanie.

Pas de réponse. Rabbit, qui l'accueillait d'habitude par des aboiements, restait silencieux. Krista ne répondait pas. Mélanie demanda :

– Krista ? Tu es là ?

Mélanie vérifia de nouveau : oui, le break de Krista était bien sur le chemin. Elle vit aussi que le 4x4 de Mero Okawa était rangé au bord de la route, en face du bungalow de Krista.

Alors elle ouvrit la porte-moustiquaire et entra à l'intérieur.

Là, elle vit : une chaise en rotin renversée, un vase en argile rempli de fleurs séchées fracassé sur le sol, un chevalet et du matériel de peinture flanqués par terre, un jeté de canapé cousu à la main par Krista arraché. Il y avait des taches dessus... des taches de sang ? Mélanie regardait, horrifiée.

On aurait dit qu'un vent violent avait soufflé dans le bungalow de son amie, renversant certaines choses par terre et en épargnant d'autres.

Mélanie appela son colley, Princess, qui reniflait dehors, sur le chemin, pour qu'elle vienne à l'intérieur. A présent, Princess aboyait avec excitation dans le bungalow, flairant le jeté de canapé taché, tournant en rond comme si un adversaire invisible voulait la mordre.

– Krista ? Tu es... quelque part ?

Effrayée, Mélanie alla voir si Krista n'était pas dans la petite salle de bains, attenante au coin cuisine, qui sentait l'odeur douce, épicée, des herbes et des fleurs séchées : vide.

Mélanie monta à l'échelle pour jeter un coup

d'œil dans la mezzanine : vide. Le vieux lit en cuivre était soigneusement fait, couvert d'un dessus-de-lit matelassé où s'alignaient plusieurs coussins brodés par Krista.

Mélanie dirait par la suite, en pressant sa main sur son cœur :

– Je savais. Je savais que quelque chose n'allait pas. Ces lumières allumées, ces objets renversés... et les taches de sang. Oh, mon Dieu, je le savais.

Mais Mélanie ne voulut pas être alarmiste. Elle interrogea les voisins de Krista, du haut en bas de Deer Point Road, mais personne n'avait vu Krista Connor ce matin-là. L'un d'eux, une femme, accompagna Mélanie et Princess, pour faire le tour de la petite propriété de Krista, regarder dans la vieille remise et dans la grange toute proche. Mélanie composa le numéro d'amis communs sur son téléphone portable. D'abord, Mero Okawa chez lui : répondeur. A l'Orca Gallery : répondeur. Lorsqu'elle appela d'autres amis, ils lui dirent qu'ils n'avaient pas vu Krista ce matin-là. Certains l'avaient aperçue la veille au soir, en ville. Elle s'était rendue à un vernissage, puis à un dîner avec un groupe de gens divers, dont certains qu'elle avait rencontrés à la galerie, et d'autres qu'elle connaissait bien, comme Mero Okawa et plusieurs organisateurs du Festival d'arts plastiques de Skagit Harbor. Le dîner s'était terminé vers dix heures du soir. On avait vu Krista et Mero s'en aller ensemble. Ils voulaient encore discuter de certaines choses, et Mero s'apprêtait à raccompagner Krista chez elle.

Finalement, au début de l'après-midi, Mélanie appela la police de Skagit Harbor.

– Je… je veux signaler la disparition d'une femme.

Le serment : 2 septembre . 16

D'abord, il parla en privé avec Todd. Puis avec Samantha, puis...

– Franky, tu me crois, n'est-ce pas ?

Il tenait mes deux mains dans les siennes, chaudes, puissantes, deux fois plus grandes que les miennes. Il me parlait avec fébrilité, anxiété, comme il ne l'avait jamais fait auparavant.

Il me protégerait et ne me trahirait pour rien au monde, contrairement à elle.

Il ne m'abandonnerait pas. Il se battrait, battrait, battrait toujours pour être avec moi.

– Chérie, je n'ai jamais fait de mal à ta mère. Je ne l'ai jamais touchée. Je ne sais pas où elle est ni avec qui, et je ne comprends pas pourquoi elle nous fait ça. Pourquoi elle voudrait blesser toute sa famille.

Des larmes brillaient dans ses yeux. Depuis que Krista Connor avait disparu de Skagit Harbor, depuis que la police et les médias s'étaient introduits dans nos vies, nous étions comme une famille retranchée dans une forteresse entourée d'ennemis. Nous nous sentions tous farouchement soudés par une même flamme.

Papa me disait d'une voix douce :

– Je te le jure, Franky. Je ne sais pas où est ta mère. Elle a disparu volontairement. Elle avait déjà menacé plusieurs fois de le faire. La police finira bien par la retrouver. Elle sera exposée à…

Les stores vénitiens étaient baissés dans la pièce, un bureau meublé de lourds fauteuils en cuir et d'un ordinateur éteint. J'avais mal à la tête… je dus faire un effort pour me rappeler où nous étions. Pas à la maison : chez l'avocat de papa, à Pinewood Grove, une impasse privée de Vashon Island, protégée par une grille. Mr Sheehan nous avait emmenés là, après l'article paru en première page du *Seattle Times*, dont le titre était :

LA FEMME DE REID PIERSON PORTÉE DISPARUE
DANS LA RÉGION DE SKAGIT HARBOR.
Pierson figure parmi
les personnes interrogées.

Il y avait une grande photo de mes parents en tenue de soirée, prise au mois de janvier, lors d'un événement officiel.

Après cet article, les choses allèrent très vite.

Toutes les chaînes de télévision locales se précipitèrent sur l'occasion pour faire des émissions sur le sujet. « Des charognards ! » fulminait Mr Sheehan. Des inconnus – journalistes, photographes, équipes télé portant des caméras comme des yeux monstrueux – envahissaient notre pelouse, s'agglutinaient dans l'allée. Personne ne pouvait sortir de la maison sans avoir affaire à eux. Dès que papa apparaissait quelque part, devant le siège central de la police, par exemple, accompagné de Mr Sheehan et de l'un des assistants de l'avocat, les journalistes se ruaient sur lui. Il essayait de sourire, comme le faisait toujours Reid Pierson. Il essayait d'être aimable, mais les questions étaient brutales, indiscrètes et blessantes :

– Mr Pierson ? Reid ? Où est votre femme ? Qu'est-ce qui est arrivé à votre épouse ? C'est vrai que vous êtes séparés ? C'est vrai que votre femme a un amant ? Qu'est-ce que la police vous a demandé ? Qu'est-ce que vous avez répondu ?

Conduisant rapidement mon père jusqu'à une limousine aux vitres teintées, pour que personne ne puisse voir à l'intérieur, Mr Sheehan repoussait rageusement ces horribles gens d'un geste de la main, comme on chasse des mouches.

Sauf que, comme les mouches, on ne pouvait pas les chasser ainsi bien longtemps en public.

A présent, cependant, pour quelque temps au moins, nous étions à l'abri. Papa avait été interrogé pendant de longues heures, et il coopérait pleinement à l'enquête de la police. Todd, Samantha et moi étions hébergés avec papa dans la grande propriété de Mr Sheehan, à Vashon Island, entourée de grilles en fer forgé de trois mètres de haut. A l'abri. Mr Sheehan était un avocat célèbre qui emmenait souvent ses clients chez lui pour les protéger des médias. Papa lui faisait confiance, et il nous dit qu'on pouvait lui faire confiance, nous aussi.

Papa serrait étroitement mes mains dans les siennes, m'expliquant qu'en réalité, par sa disparition, Krista Connor avait trouvé le moyen de punir sa famille. Une façon de se venger.

– J'aurais voulu t'épargner ça, ma chérie. Je ne voulais pas vous le dire, ni à toi, ni à Samantha, mais je l'ai raconté à Todd. Depuis le printemps dernier, votre mère a essayé de vous prendre avec elle. C'est son expression, elle dit qu'elle « prendra les filles avec elle ». Elle veut le divorce et obtenir le droit de garde. Entièrement. Elle a rencontré quelqu'un d'autre, qu'elle veut épouser. Toutes ces manigances, c'est pour des questions d'argent. Du chantage. Pour commencer, elle demande des millions de dollars, plus des versements mensuels et une pension alimentaire. J'ai refusé, car je ne veux pas que notre famille soit détruite. Je me fiche complètement de l'argent. Ce qui m'importe, c'est toi, Samantha et Todd. Je ne crois pas que le divorce soit une bonne chose. Je le lui ai donc refusé, et voilà ce qu'elle nous fait, pas seulement à moi, mais à nous tous... Tu me crois, ma chérie, n'est-ce pas ?

Je vis la vérité briller dans les yeux de mon père. Cette vérité, c'était qu'il m'aimait, et qu'il me protégerait.

– Ou... oui, papa.

Je m'effondrai dans ses bras rassurants et je pleurai, je pleurai vraiment, pour la première fois depuis que j'avais appris que ma mère avait disparu de Skagit Harbor.

Vashon Island : 3-4 septembre . 17

– Je la déteste. Elle est partie.

Samantha pleurait tout le temps. Ses yeux étaient gonflés et veinés de rouge, elle était inquiétante à voir. Elle ne mangeait pas, était si frêle qu'elle ne pesait pas plus lourd qu'un moineau dans mes bras. Même ses cheveux, d'habitude si lisses, si soyeux, étaient emmêlés et, lorsque j'essayai de la coiffer, Samantha gémit et me repoussa, comme si je faisais exprès de lui faire mal.

– Samantha, allons ! Tu ne peux pas laisser tous ces nœuds dans tes cheveux !

– Laisse-moi tranquille ! Je te déteste, toi aussi !

Je me demandai si elle se rappelait que la dernière fois que nous avions vu mam, dans l'allée à côté de son bungalow, elle avait repoussé Samantha sans s'en rendre compte, en criant :

– Va-t'en ! Il n'y a pas de place.

Dans la maison de Mr Sheehan, qui sentait les cigares et les alcools chers, nous partagions la chambre d'amis, Samantha et moi. Notre gouvernante, Lorita (tel était son prénom, finalement), n'était pas avec nous, et je devais donc m'occuper de Samantha. Cela ne me gênait pas, sauf qu'elle se montrait de plus en plus exigeante, elle voulait dormir avec moi au lieu de rester de son côté. Si nous nous couchions chacune dans notre lit, au bout de quelques minutes, je l'entendais chuchoter :

– Franky ? Est-ce que je peux venir avec toi ? J'ai tellement peur !

La plupart du temps, je disais oui. Mais ensuite Samantha avait trop chaud, s'agitait, repoussait la couverture d'un coup de pied, grinçait des dents, parlait en dormant, ou se réveillait et se mettait à pleurer. C'était insupportable. Je me glissais alors dans l'autre lit et essayais de dormir.

J'en voulais à mam. Rien de tout cela ne serait arrivé, nos vies n'auraient pas été aussi perturbées, sans ce qu'elle avait fait.

Krista Connor, je veux dire. Il n'y avait plus de « maman ».

Cela ne durera pas, avait assuré notre père, la famille Pierson ne restera pas « assiégée » très longtemps.

Elle se cache, les filles. C'est sa vengeance. Mais elle ne peut pas se cacher éternellement. La police la retrouvera. Ce cauchemar finira.

La rentrée des classes devait avoir lieu la semaine suivante, et papa voulait que nous reprenions les cours plus tard, Samantha et moi. Mais je refusai. L'idée que je pourrais manquer les premiers jours d'école me rendait folle. Comme si j'étais malade ou un truc comme ça ! Les gens diraient *où est Franky ? Elle a peur de se montrer, ou quoi ?*

En fait, mes amies étaient formidables. Twyla m'appelait deux fois par jour et me laissait des messages, si je n'avais pas envie de répondre.

(« Franky ? Juste pour te dire bonjour. Pas la peine de me rappeler. ») Jenn, Katy, Eleanor, Carole me téléphonaient ou m'envoyaient des e-mails. C'est ce que firent aussi Meg Tyler, la coach de notre équipe de natation, d'autres professeurs que j'avais eus l'année précédente, et même quelques garçons.

Je faisais attention de ne pas contredire mon père. Il était toujours énervé, à présent, à cran. Il passait pratiquement tout son temps à parler au téléphone ou à attendre un appel. Pourtant, il fallait que je lui fasse part de mes intentions et que je lui dise :

– Je reprends les cours à Forrester avec les autres, papa, il le faut. S'il te plaît !

C'était une décision et un entêtement à la Zarbie. J'avais entendu l'âpreté de ma propre voix. Papa et Zarbie étaient un mélange détonant, comme l'essence et une allumette enflammée, il me suffisait de repenser à la scène qui avait eu lieu chez les Blount, dans la salle du petit déjeuner, lorsque papa m'avait prise par les épaules et secouée, secouée, secouée, tandis que je refusais de m'excuser…

– Tu comprends, les gens diront que je me cache. Comme si j'avais honte ou quelque chose comme ça. Ce n'est pas le cas. Je veux que les choses reprennent un cours *normal*.

Papa fut surpris, mais impressionné.

– Franky, au moins tu sais ce que tu veux, et tu n'as pas peur de le dire.

– Est-ce que ça signifie que je peux commencer la semaine prochaine ?

– Je ne vais pas t'en empêcher, ma chérie.

Je me persuadai que je n'avais pas besoin de ma mère dans la vie. Ça me ferait un drôle d'effet de commencer l'année scolaire sans elle, mais au printemps dernier, elle n'était déjà plus là qu'à mi-temps, et cet automne elle serait restée à Skagit Harbor, dans son bungalow, aussi cela ne changeait-il pas grand-chose, concrètement. Que Krista Connor soit « portée disparue » ou qu'elle soit « séparée » et vive ailleurs, quelle différence ?

Voilà ce que je pensais, pendant que j'étais chez Mr Sheehan, à Vashon Island.

Samantha n'était qu'en sixième, et elle était beaucoup plus vulnérable que moi. Je crois que cette crise me rendait plus mûre, alors que Samantha régressait vraiment. Elle était trop agitée pour lire plus de quelques minutes de suite, elle qui avait toujours adoré lire. Maintenant, elle préférait zapper entre les chaînes de télé, le regard fixe et vide, de la première chaîne jusqu'à la quatre-vingt-dix-huitième, puis de la quatre-vingt-dix-huitième jusqu'à la première. Samantha ne voulait absolument pas rentrer en classe, et je convins avec papa qu'il valait probablement mieux qu'elle reste à la maison pendant quelque temps.

– Au moins jusqu'à ce que mam revienne.

Papa me regarda bizarrement, avec un vague sourire étonné.

J'avais fait une gaffe, en appelant Krista Connor « mam ».

Papa n'aimait pas entendre ce mot dans la bouche de l'une de ses filles. Mais parfois, dans ce genre de situation, je ne voyais vraiment pas comment l'appeler autrement.

Mr Sheehan n'était que promesses et prévisions.

– Ce sera bientôt fini. Quand ils se rendront compte de leur erreur.

Mr Sheehan parlait d'une voix animée et assurée de présentateur de journal télévisé. Lorsqu'ils étaient ensemble, papa et lui, on aurait dit que c'était lui, Michael Sheehan, la vedette de la télévision, et non pas Reid Pierson. (Car, en privé, papa n'était pas au top de sa forme. Parfois, il ne se rasait même pas. Il devait garder son énergie, son enthousiasme, son sourire éclatant à la Reid Pierson pour les moments où il sortait de la maison et était « à l'antenne ».)

Mr Sheehan nous déclara à Samantha et moi :

– Vous êtes des filles courageuses ! Sacrément courageuses.

Ce type, avec ses manières fébriles, apparaissait à Zarbie comme complètement bidon, mais il était du côté de Reid Pierson. Il connaissait tous les détours de la juridiction criminelle et permettrait à notre père de traverser cette épreuve judiciaire sans encombre. *En échange d'honoraires, bien sûr, et d'honoraires juteux,* pensait Zarbie. Je savais que les très bons avocats, comme Michael Sheehan, prenaient plus de trois cents dollars l'heure, et même plus au tribunal.

Au tribunal ?

S'il y avait un procès.

Mais il ne peut pas y avoir de procès. Mam a simplement décidé de se cacher. Mam n'est pas blessée. Mam est vivante. Mam nous «punit». Non?

Mr Sheehan répéta que nous étions des filles courageuses.

– C'est vraiment dur d'être les filles de quelqu'un de connu comme Reid Pierson. Les gens adorent les célébrités, surtout les grands du sport, mais ils adorent aussi les voir traumatisés. Les flics en raffolent, et les procureurs aussi, car s'ils peuvent les arrêter pour quelque chose, pour n'importe quoi, on parle abondamment d'eux dans les médias. Ah, les fils de pute!

Mr Sheehan parlait avec tant de véhémence, papa le soutenait avec une telle constance, que j'aurais voulu l'aimer.

Mais il y avait un problème: il nous faisait sans cesse répéter ce qu'il fallait dire.

J'avais déjà été interrogée par une assistante du procureur. Todd aussi. (Mais pas Samantha, qui était trop jeune, avait objecté Mr. Sheehan.) Comme j'étais mineure, mon père et Mr Sheehan avaient assisté à l'entretien. Je pense que j'avais dû paraître maussade, pleine de ressentiment. En fait, j'étais surtout effrayée (je dois l'avouer). Mr Sheehan me prévint que je serais de nouveau interrogée, et il voulait s'assurer que j'avais dit ce que je voulais dire, ni plus ni moins.

– Il ne faut pas donner une seule miette à ses adversaires. Il faut les faire travailler, et ne rien leur donner.

J'essayais d'envisager l'enquête de police comme une sorte de jeu, un jeu dont Mr Sheehan connaissait les règles, et auquel il voulait nous initier, mais je m'accrochais à l'idée que l'objet de cette enquête était de retrouver Krista Connor, et que c'était une bonne chose, que c'était l'objectif désiré. Non ?

Tu sais que ta mère a disparu. Tu sais qu'elle ne reviendra pas.

Zarbie sait.

Au cours de ces recherches sur la disparition de Krista Connor, une multitude de gens furent entendus par la police. Pas seulement notre famille, mais des parents de ma mère, des amis, des connaissances aussi bien à Seattle qu'à Skagit Harbor, et sans doute bien d'autres personnes encore. (Une enquête avait également lieu sur la disparition de Mero Okawa, mais elle était confiée à la seule police du comté de Skagit, et se déroulait beaucoup plus discrètement.) J'appris par les nombreux reportages à la télévision sur le sujet que les bois, les marécages, les maisons abandonnées de Skagit Harbor étaient fouillés, ainsi que certains endroits du fleuve et autres voies navigables. Des policiers experts en médecine légale travaillaient sur les lieux du crime.

Je savais que l'enquête était essentiellement une enquête pour homicide, et non pas pour disparition. Mais j'essayais de ne pas y penser en ces termes.

Non! Mam n'a pas disparu. Je n'y crois pas.

Elle ne peut pas avoir disparu. Comme dit papa, c'est une sorte de jeu.

Nous deux, Francesca et Samantha, nous devons apporter notre aide à ce jeu.

– Votre père n'a jamais quitté la maison la nuit du 26 août. Nous sommes tous d'accord sur ce point, hein, les filles?

Samantha, qui grattait une croûte sur son genou, acquiesça d'un signe de tête.

Elle avait le regard vague, et était maladivement pâle. Lorsqu'elle ne pleurait ou ne pleurnichait pas, elle se transformait en une sorte de zombie.

– Votre père est rentré directement à la maison en sortant du studio, de nombreux témoignages l'attestent, il était épuisé – subissant les effets d'un traitement à la codéine – lorsqu'il s'est assis avec vous pour dîner vers sept heures et demie, OK? Il est allé se coucher entre huit heures et demie et neuf heures. Il avait pris une bonne dose de médicaments pour dormir au moins douze heures d'affilée. Ce qu'il a fait. Mr Sheehan s'arrêta en souriant, pour souligner son effet. On aurait dit qu'il s'adressait à un vaste auditoire attentif.

A votre connaissance, Francesca, Samantha, votre père a dormi là toute la nuit, *et vous l'auriez entendu s'il était sorti de la maison.* Todd l'a juré, et vous allez le jurer vous aussi, n'est-ce pas, Francesca, Samantha?

Samantha hocha la tête, acquiesçant comme un zombie. Comme j'hésitais, Mr Sheehan me regarda fixement, accusant son sourire.

– Hein, Francesca?

Je donnai mon accord d'un signe de tête, moi aussi. Oui. Je le jurerais le moment venu.

– Ainsi, les filles, si on vous demande, et on vous le demandera, où vous pensez que votre père se trouvait cette nuit-là, s'il a quitté la maison ne serait-ce que pour cinq minutes, vous direz...?

Samantha frissonna, tapotant son pouce contre sa bouche. D'une petite voix, elle dit:

– P... Papa était à la maison toute la nuit. Je sais qu'il y était.

Mr Sheehan se tourna vers moi. Son regard était dur, pénétrant.

– Francesca? Fais attention, ils essaieront de te prendre en défaut s'ils le peuvent.

Je marmonnai:

– Je l'ai déjà dit cent fois.

– Eh bien, une fois de plus ne te fera pas de mal, ma chère.

J'hésitais, pourtant. J'avais l'impression d'avoir du verre pilé dans la tête, et ça me faisait mal. *Zarbie était réveillée, Zarbie avait entendu.*

Entendu quoi ?

Quelque chose.

Mais c'était un rêve. Un rêve ne peut pas être une preuve.

Je regardais plusieurs taches sur mes baskets. Je pensais à la façon dont ça arrive : on s'achète une nouvelle paire de chaussures, elles sont super jolies, et puis un jour – très rapidement dans mon cas – elles sont tachées et commencent à ressembler exactement aux vieilles chaussures qu'on met de côté dans son armoire avec deux ou trois autres vieilles paires qu'on n'a pas encore eu le temps de jeter. Je pensais à la rapidité avec laquelle ça arrive, et qu'à partir de ce moment-là les chaussures ne sont plus vraiment neuves.

Une voiture dans l'allée, tous phares éteints. Une porte qui s'ouvre tout au bout du couloir. Des pas ?

Impossible à prouver.

Les chiffres verts lumineux sur la pendule électronique flottant dans le noir à côté du lit. Les yeux grands ouverts de Zarbie voyant : 4:38 du matin.

Impossible ! Impossible à prouver.

Lorsque Mr Sheehan transpirait, l'odeur de son eau de Cologne tournait et devenait légèrement rance, comme en ce moment même. Il me regardait fixement, avec un sourire dur. Samantha, qui était tellement amorphe que c'est tout juste si elle m'avait jeté un coup d'œil dans la journée, me regardait à présent, elle aussi, en tapotant son pouce contre sa bouche. Je me demandai pendant un instant d'angoisse, si j'avais laissé échapper un son, si j'avais gémi ou marmonné quelque chose.

– Oui. Bien sûr. Je vous l'ai dit. Je peux le jurer : papa est resté à la maison toute la nuit. Papa n'a pas quitté la maison, ne serait-ce que cinq minutes, je l'aurais entendu s'il l'avait fait. Je le jure.

Zarbie-logique : 4 septembre . 18

Zarbie résolut le problème. C'était aussi simple que de penser que les côtés d'un triangle équilatéral sont tous égaux. *Si mam est partie et qu'elle ne revient jamais, il y a mon père. Il y a mon père qui m'aime. Il n'y a que mon père qui m'aime.*

Zarbie les Yeux Verts :
premier jour de classe : 8 septembre . 19

La voilà…

C'est laquelle ? La rousse ?

Là-bas, c'est Franky.

Franky qui ?

Ne la regarde pas, bon sang ! Tu sais, Franky Pierson. La fille de Reid Pierson.

Oh, mon Dieu. C'est elle ?

C'est elle.

Comment est-ce que Franky prend les choses ?

C'est bizarre. Mais tu la connais, elle fait comme si de rien n'était.

Je trouve ça dégueulasse. Le père de Franky n'est pas coupable. Je ne croirai jamais rien de ce genre sur Reid Pierson.

Moi non plus ! Il est super, Reid Pierson !

Il est tellement, tellement beau! Et adorable. Ma mère craque pour lui.

La mienne aussi!

Alors, si ce n'est pas lui le coupable, qui est-ce?

Coupable de quoi? Personne n'a trouvé de corps. Pour l'instant.

Je tombai sur une bonne classe, avec un professeur que tout le monde aimait. J'y retrouvai trois de mes meilleures amies, dont Twyla. Mes cours semblaient prometteurs, en tout cas biologie, histoire de l'art, et un cours pour les meilleurs en anglais, sous forme de séminaire avec sept élèves seulement, dont l'enseignant était également poète. Twyla me demanda si je voulais déjeuner simplement avec elle et Jenn, ou à une table plus nombreuse (comme nous le faisions d'habitude au restaurant scolaire). Je la remerciai, lui répondis que je n'avais pas faim et que j'allais à la bibliothèque. (Ce qui était vrai, bien qu'ensuite je sois allée aux distributeurs automatiques de la cafétéria, où j'ai mangé en cinq minutes.) Tout le monde était plutôt gentil. En tout cas, devant moi.

A l'exception de notre directeur, Mr Whitney, qui aurait voulu que mon père vienne à Forrester depuis des années («juste pour lui dire bonjour, ou peut-être boire ensemble un verre de cognac dans mon bureau»), et qui m'évitait ostensiblement. Alors que d'habitude, il me criait toujours: « Bonjour, Francesca! », ce jour-là, quand je passai devant lui dans le couloir, où il parlait avec plusieurs élèves, il me vit, sembla se figer un instant, puis se détourna légèrement, mais à coup sûr, comme s'il avait aperçu quelque chose de difforme. De ma voix Zarbie-sinistre, je lui criai: « B'jour, Mr Whitney », pour que cet hypocrite sache au moins que j'avais remarqué son manège.

Soudain, après l'avoir vu, il me sembla évident que tout le monde m'observait du coin de l'œil. Ils m'épiaient derrière le coin de leur casier, ou se retournaient dans l'escalier pour me regarder. Pendant les cours de l'après-midi, les professeurs semblaient gênés lorsqu'ils faisaient l'appel et lisaient mon nom: « Francesca Pierson? » Et quand je levais le doigt en répondant « présente », le silence se faisait dans la classe. Je sentais le regard de tous ceux qui étaient derrière moi fixé dans mon dos, et j'étais convaincue que tous ceux qui étaient devant prenaient bien garde de ne pas se retourner pour me regarder.

Mes professeurs savaient qui j'étais, bien sûr. J'étais nouvelle dans leur classe, mais ils le savaient. Je voyais leurs regards débordants de sympathie, comme si j'étais une lépreuse dont ils avaient pitié, mais qui pouvait être contagieuse et qu'il valait mieux ne pas approcher de trop près. *Pauvre fille! Sa mère a disparu.*

Son père est interrogé par la police. Et vous savez qui est son père, n'est-ce pas? J'avais l'impression d'entendre ces mots comme des insectes bourdonnant à mes oreilles. Je gardai le Zarbie-contrôle de moi, cependant, jusqu'au milieu du cours de sciences sociales, lorsqu'une vague froide et nauséeuse me frappa à l'estomac. Je compris aussitôt que je ne pourrais pas attendre la fin. D'un geste faible, je levai le doigt pour signaler au professeur que je me sentais affreusement mal et, la tête basse, les yeux fixés sur mon sac à dos que je serrais contre ma poitrine, je sortis de la classe en courant à moitié.

Aux toilettes, j'eus un accès de diarrhée. J'avais l'impression d'avoir les intestins en feu. Je frissonnais, aussi. J'étais si faible que je titubai jusqu'à l'infirmerie, où l'infirmière, après un bref coup d'œil, me dit de m'allonger, prit ma température (37,8 – une « légère fièvre »), me donna deux Advil, et conclut que j'avais dû attraper la grippe.

Allongée toute frissonnante sous une couverture, je me demandai : « Est-ce que l'infirmière me connaît ? Sait-elle de qui je suis la fille ? Dira-t-elle d'une voix excitée à chaque personne qu'elle rencontrera tout à l'heure *Devinez qui est venu à l'infirmerie cet après-midi avec la grippe ?* »

Tante Vicky et le papillon de nuit géant : 9 septembre. 20

J'étais bien décidée, protégée par ma Zarbie-cuirasse, à ne pas céder, mais dès que tante Vicky me vit et qu'elle se précipita vers moi pour m'embrasser, je ne pus m'empêcher de l'étreindre à mon tour. Elle me prit dans ses bras comme si j'étais en train de tomber et qu'elle me rattrapait, et je la sentis trembler contre moi. C'était si étrange qu'une pensée me traversa soudain l'esprit *ce n'est pas tante Vicky, c'est quelqu'un d'autre*. Elle avait tellement changé ! Même sa voix.

– Il faut espérer, Franky. Il faut prier. Elle va peut-être… elle va sûrement… bien.

Tante Vicky était la sœur aînée de ma mère, elle avait trois ou quatre ans de plus qu'elle. Une grande femme, d'habitude en excellente condition physique grâce à ses longues marches à pied, à ses randonnées et au jogging. Dans sa famille, tante Vicky était critiquée – et admirée – parce qu'elle ne s'était jamais mariée, qu'elle était une femme indépendante, qui faisait ce qu'elle voulait. A présent, elle était nerveuse, angoissée. Ses cheveux, d'un roux fané, plus gris que ceux de ma mère, étaient tirés platement en arrière, exposant crûment son visage comme usé et ravagé par le temps. Papa n'avait pas voulu que je voie tante Vicky – ils ne s'étaient jamais très bien entendus – mais autrefois il semblait avoir eu une certaine considération pour elle. Papa disait souvent que des deux sœurs Connor, Krista était la plus belle, et Vicky la plus intelligente. Il croyait faire des compliments, mais il ne se rendait pas compte qu'il donnait ainsi l'impression qu'il manquait quelque chose d'essentiel à chacune d'elles.

A présent, tante Vicky avait les yeux rouges et irrités comme ceux de Samantha, et sa voix tremblait. C'était insupportable de la voir comme ça !

Elle disait, presque en m'implorant :

– Tu vas bien, Franky ? Et Samantha ? Comment ça se passe pour vous deux ?

Je haussai les épaules. Chaque fois que je rencontrais un adulte, il me posait cette question. Ça me mettait hors de moi.

De toute façon, je ne dirais pas la vérité. Je ne dirais pas que j'avais eu des troubles gastriques répugnants, que j'avais eu mes règles avec onze jours d'avance ce mois-ci, des crampes qui m'empêchaient de dormir plus d'une heure d'affilée, que mes rêves étaient névrotiques, que j'avais les idées confuses, que j'étais en colère. Pas question de parler à qui que ce soit, même à tante Vicky qui m'aimait beaucoup, je le savais, de ce que j'avais sur le cœur.

Ma mère s'est enfuie. Elle nous a quittés.

Pourquoi est-ce qu'on devrait s'en faire pour elle, maintenant?

Tante Vicky me prit par les épaules, et plongea profondément son regard dans le mien.

– Dis-moi tout ce que tu sais sur ta mère, Franky, s'il te plaît. La dernière fois que tu l'as vue. Ce dimanche-là, quand je suis allée la retrouver. Et que vous étiez parties, Samantha et toi... Et... Oh, n'importe quel détail! Dis-moi tout ce qui te vient à l'esprit.

Rien de pire que d'être supplié par un adulte. On se sent si mal qu'on ne peut pas lui donner ce qu'il demande, et on le déteste de nous mettre dans cette situation.

Papa m'avait prévenue que Vicky me poserait des questions «indiscrètes» et «hostiles». Comme la police. Il m'avait conseillé d'être très prudente en parlant avec ma tante, car elle était «du côté de ma mère», «notre ennemie». Il pensait que Vicky n'avait jamais approuvé le mariage de sa sœur cadette avec lui, et que tout ce qu'elle pouvait dire sur Reid Pierson était entaché des préjugés qu'elle avait contre lui.

Tante Vicky me posait des questions sur le dimanche où papa était venu nous chercher à Skagit Harbor pour nous ramener à la maison, Samantha et moi. Elle voulait savoir si, par hasard, pendant qu'ils étaient dans le bungalow avec mam, je n'avais pas entendu quelque chose.

D'un signe de tête, je donnai aussitôt une réponse négative.

Mais tante Vicky ne me crut pas.

– Franky, regarde-moi. Regarde-moi dans les yeux. Je sais ce que tu as raconté à la police mais, s'il te plaît, dis-moi...

Je fermai les yeux, fis non de la tête. Je sentis ma queue-de-cheval claquer contre mon dos.

Tante Vicky murmura, soudain bouleversée:

– Oh, Franky, j'ai peur... que ton père l'ait... l'ait...

Elle s'effondra, les yeux noyés de larmes. Quoi qu'elle ait voulu dire, elle ne put se résoudre à aller jusqu'au bout.

L'ait frappée. L'ait maltraitée. L'ait menacée.

Je reculai, bouleversée à mon tour. Une rage folle m'embrasa comme une flamme.

– Tante Vicky, je ne sais pas où est mam.

– Franky, attends!

– Laisse-moi tranquille !

Je sortis de la pièce en courant. Je me bouchai les oreilles pour ne pas l'entendre m'appeler.

En quatrième, lorsque j'avais été acceptée dans l'équipe de natation de l'école, papa avait été si fier de moi qu'il m'avait permis d'accompagner tante Vicky dans l'un de ses voyages au sud-ouest des États-Unis. C'était un séjour de cinq jours seulement, mais nous avions passé des heures extraordinaires à faire des randonnées et à visiter la région. L'un des endroits dont je me souviens le mieux, c'est un jardin tropical rattaché au musée d'Histoire naturelle d'Albuquerque, au Nouveau-Mexique. Je l'avais adoré : des arbres géants et des vignes, de merveilleuses fleurs de la jungle, une multitude de papillons, dont certains aussi grands que ma main ouverte, brillamment colorés comme s'ils avaient été peints, et qui semblaient apprivoisés. Des oiseaux qui pépiaient partout. C'était une atmosphère amazonienne, l'air était si imbibé d'eau qu'on sentait l'humidité se condenser sur la peau. Mes oiseaux préférés étaient les grands cacatoès blancs et les perroquets d'Amazonie, avec leurs belles plumes vert vif bordées d'écarlate, et leurs yeux d'une intelligence étonnante. Il y avait Daisy, qui braillait «Salut ! Jolie fille ! Jo-lie fille », pendant qu'on la regardait. J'allais lui caresser la tête, mais tante Vicky avait retenu ma main à temps. Sur le perchoir de Daisy, une drôle de petite pancarte signalait: *« Je mords. Je m'en veux terriblement après, mais je mords. Soyez prévenus ! »*

La créature la plus étrange du jardin était l'atlas, un papillon de nuit géant.

Ces magnifiques lépidoptères nocturnes, qui ressemblaient à des papillons de jour, et qui avaient presque la taille d'une chauve-souris, se regroupaient sur des troncs d'arbre ou sur des vignes. Certains étaient à peine visibles, tellement ils se confondaient avec les arbres. Ils étaient couleur de brume, mordorés, avec de petites taches sur les ailes. Tante Vicky dit qu'elle avait choisi ce moment-là pour notre visite, car c'était la saison des amours, qui ne revient que tous les cinq ans. Et on pouvait voir les papillons de nuit s'accoupler: un grand atlas tacheté couché sur un autre, légèrement plus petit, tous deux immobiles. Pour le moins immobiles au moment où nous les regardions.

Ce qui est remarquable chez les atlas, m'expliqua tante Vicky, c'est qu'ils passent cinq ans dans leur cocon, et ne vivent que trois jours comme papillon de nuit. Ils naissent avec un système reproductif, mais sans système digestif. Une fois qu'ils sont sortis de leur cocon, ils n'ont que quelques jours pour s'accoupler avant de se flétrir et de mourir. Mais une nouvelle génération apparaît pour que le cycle continue, conclut tante Vicky d'une voix enjouée, comme si elle m'annonçait une bonne nouvelle.

Je ris et frissonnai.

– Je suis contente de ne pas être ce papillon de nuit géant, de ne pas être un atlas.

– Oui, Franky, mais pour ces papillons, trois ou quatre jours, c'est leur temps de vie. Et ça leur paraît probablement assez long comme ça.

– Oh, tante Vicky ! On te reconnaît bien là !

– La nature a des voies mystérieuses, Franky. Mais d'une certaine façon tout a un sens.

Je savais que tante Vicky avait reçu une formation de biologiste et d'écologiste. Mais j'étais entêtée, et il fallait que je réplique :

– Peut-être que la nature n'a aucun sens, tante Vicky. Et que ce sont les gens comme toi qui veulent penser qu'elle en a un.

Trois ans plus tard, je repensai à cette conversation. Tante Vicky insistait pour que les choses aient un sens et que, au fond, elles finissent bien. Je retrouvai la même attitude dans sa façon de dire, treize jours après la disparition de Krista Connor et de Mero Okawa, que ça pourrait bien s'arranger pour eux aussi.

L'enquête : 27 août – 9 septembre . 21

– Je veux voir Rabbit. Il me manque. Je veux que Rabbit revienne.

Samantha avait une voix triste, mais lasse. Elle savait que, de toute façon, ses désirs ne seraient pas pris en considération.

Après tant de jours de recherches dans le comté de Skagit par la police, par les sauveteurs, par les volontaires, Krista Connor et Mero Okawa restaient introuvables. De même que Rabbit, le chien de Krista Connor.

Aux informations, il était rarement question de la disparition du chien. Personne ne s'intéressait à Rabbit. Sauf Samantha et moi. Je voulais tellement que Rabbit soit vivant ! Parfois, je fermais les yeux pour mieux entendre le bruit de ses griffes sur le plancher, son petit aboiement aigu et essoufflé. *Hé ! Salut ! Me voilà !*

Je ne dis pas à Samantha ce que j'avais appris en consultant l'un des sites internet sur l'affaire: les taches de sang trouvées sur le jeté de canapé de Krista Connor avaient été identifiées comme «non humaines».

Ce n'était ni le sang de Krista Connor ni celui de Mero Okawa. C'était celui de Rabbit, je le savais.

Il avait aboyé, essayé de mordre pour protéger sa maîtresse. Un brave petit chien fougueux, que n'importe quel garçon d'une certaine taille ou n'importe quel homme pouvait tuer à coups de pied.

Nous ne discutions jamais de l'enquête dans notre famille.

Par «notre famille», j'entends notre famille réduite: papa, Todd, Samantha et moi.

Nous ne parlions jamais directement de Krista Connor. La plupart du temps, nous la désignions par «elle». Une personne manquante comme un objet manquant. Nous faisions rarement allusion à Mero Okawa mais, lorsque nous en parlions, c'était simplement sous le nom d'«Okawa».

Seuls papa et Mr Sheehan prononçaient ce nom, «Okawa». Avec un regard plein de dédain, de dégoût. Comme s'ils avaient un mauvais goût dans la bouche.

A lire les journaux ou à regarder la télévision, il paraissait clair que les individus portés disparus étaient un « couple ». Ils avaient disparu ensemble, et comme le 4x4 de Mero Okawa était resté garé toute la nuit à côté du bungalow de Krista, les gens en concluaient généralement qu'ils étaient amants, ou liés d'une façon ou d'une autre. Leurs amis et leurs voisins de Skagit Harbor avaient beau nier farouchement cette éventualité, personne ne les prenait au sérieux. Les gens voulaient croire que la femme disparue, séparée de son célèbre époux, avait eu une liaison avec un galeriste du coin, et que cette liaison, adultère de la part de la femme, était la raison probable de leur disparition. Si la conviction générale était que le célèbre époux était plus ou moins impliqué dans cette disparition, un courant contraire voulait que les deux amants se soient enfuis ensemble. Dans le *Seattle Star*, un journal tabloïd, un « intime » non identifié de Mero Okawa assurait que ce dernier était un « homme qui s'emportait facilement, avec toute une histoire de violence domestique derrière lui ». Dans le *Seattle After Hours*, un talk-show tardif sur une chaîne cablée, la possibilité que Krista Connor ait été « enlevée » par Mero Okawa était ardemment discutée.

Le couple manquant avait été vu à Las Vegas, Palm Spring, Kailua Bay, à Hawaii.

Mr Sheehan concéda à la presse que son client et Krista Connor avaient commencé à parler d'une « séparation amicale », mais pas de divorce.

Ni Reid Pierson ni son épouse, Krista Connor, ne souhaitaient le divorce, insista Mr Sheehan. Il se peut qu'il y ait un autre homme dans le tableau (au sujet duquel mon client ne sait rien), mais en réalité, les Pierson étaient sur le point de se réconcilier lorsque Krista Connor a disparu.

Lorsque je lus cette déclaration sur le site internet, j'eus un sursaut d'espoir. Mam allait revenir à la maison ? Sérieusement ?

Si seulement Zarbie-la-dure pouvait y croire, elle aussi !

– Que voulait ta tante Vicky, Franky ?

Papa avait un ton amical, détendu. Mais je vis que ses mâchoires étaient contractées. Il ne travaillait plus à la télé depuis quelque temps – il faisait toujours partie des effectifs de la chaîne, mais son travail de reporter sportif avait été momentanément suspendu (selon le *Seattle Times*), aussi était-il nerveux et surveillait-il attentivement ses filles.

Je répondis :

– Oh, elle voulait simplement parler, papa. Rien de particulier.

– Semer les graines de la discorde, hein ? Comme toute cette partie de la famille.

Je me mordis les lèvres. Je ne savais pas quoi dire. Le cœur maussade de Zarbie se mit à battre fort.

– J'imagine que tante Vicky t'a posé des questions sur moi, hein ? Qu'elle me soupçonne de tout. Comme si ça ne me rendait pas malade, fou de chagrin, comme elle, et sûrement beaucoup plus. Je suis le mari, nom de Dieu !

Papa s'essuyait rageusement le coin des yeux. Il avait des maux de tête et de la sinusite sans arrêt, à présent, se plaignait-il. Les médicaments ne lui faisaient aucun effet.

– Tu le lui as dit, à la Big Sister qui fourre son nez partout ?

Je répondis, mal à l'aise :

– Tante Vicky n'est pas comme ça, papa. Elle s'inquiète simplement pour… sa sœur.

– Ah oui, elle fait bien de s'inquiéter. Disparaître ainsi. Avec son « indigène » d'amant ! On dit que cet Okawa est dingue, aussi. Impliqué dans des histoires sordides avec de jeunes garçons. Des trucs de sado-masochisme. Comme sur internet. Ta pauvre mère s'est fait avoir, elle a été victime de ses illusions.

Papa hocha tristement la tête.

C'était la première fois que j'entendais dire ça ! Une Zarbie-méfiance monta en moi pour résister.

– Les Connor sont LA famille à problèmes par excellence. Ils sont soupçonneux, paranos. Ils ont rompu toutes leurs relations avec moi, d'après ce que leur avocat a déclaré publiquement. Sympa, non ?

Je n'étais pas sûre de comprendre ce que papa voulait dire, mais je savais qu'il valait mieux ne rien demander.

– La prochaine fois que ta tante Vicky viendra dans cette maison, je veux être présent. Je veux que Mike Sheehan soit présent. Je ne veux pas que cette femme malsaine, qui déteste les hommes, empoisonne l'esprit de ma fille, comme elle l'a fait avec sa sœur. Tous les Connor ont produit des faux témoignages contre moi à la police. Je ne le leur pardonnerai jamais. Et toi non plus.

Papa semblait si malade, si malheureux, que j'aurais voulu l'embrasser. Mais j'avais peur de le toucher.

– D'accord, papa.

– Todd est de mon côté. Todd est mon fils depuis toujours. Il sait de quoi il retourne. Elle a brisé le cœur de ce garçon en prétendant être une vraie mère pour lui, alors qu'elle n'était même pas capable d'être une belle-mère. Et toi, mon ange, et Sam-Sam. Vous êtes tous du côté de votre père, hein ? Quand elle réapparaîtra, en pleine forme, c'est elle que la police arrêtera. Et tu sais ce que je ferai ? Je porterai plainte contre elle ! Pour avoir traîné sa famille dans la boue, pour avoir essayé de nous détruire. Essayé de gâcher ma carrière. Et vous, les enfants, vous témoignerez en ma faveur, n'est-ce pas.

Ce n'était pas une question, mais un ordre.

– Franky ? Ma grande fille. Tu joues dans l'équipe de ton père, hein ?

– Oui, papa.

– Ça pourrait mal tourner. Encore plus mal. Quand elle reviendra.

Papa parlait avec une telle conviction, le visage plus expressif qu'il ne le serait jamais à la télévision, que je le crus, il devait dire la vérité.

Quand elle reviendra.

Le Don Spence Show : 10 septembre . 22

La voix était passionnée, sincère.

– Vous savez ce que je pense, je pense que c'est comme le frisson qui parcourt la foule quand un grand athlète est blessé et sorti du terrain sur un brancard. Les gens vous aiment, mais bon sang ! ils veulent vous rabaisser encore, encore et encore, jusqu'à leur propre niveau.

Ces mots enfiévrés n'étaient pas de Reid, mais de celui qui l'interviewait, Don Spence. Les cheveux toujours en bataille, celui-ci était l'animateur de l'une des émissions locales les plus populaires, le *Don Spence Show*.

– Eh bien, Don, je crois que… vous n'avez pas tout à fait tort, répondait papa, avec un léger sourire, les sourcils froncés, comme un homme qui essaie d'être précis dans ses jugements, mais je pense que c'est quelque chose d'entièrement inconscient, vous savez? Ce n'est pas conscient.

– Ce n'est pas conscient. Mais c'est réel.

– Ah, ça c'est vrai! Je peux en témoigner: c'est bien réel!

Papa rit, hochant gravement la tête.

Don Spence interviewait Reid Pierson, un rival et ami qu'il connaissait depuis des années. Don était parfois imprévisible, et pouvait même se montrer cruel avec les malheureux invités de son émission mais, en général, il était chaleureux, cordial, drôle, équitable. Reid et lui étaient concurrents, ils se disputaient les contrats sur les chaînes de télévision, mais:

– Il n'y a pas en ce moment de meilleur reporter sportif sur les ondes que Reid Pierson, déclara Don Spence, après avoir accueilli son invité du jour, et lui avoir vigoureusement serré la main. Je ne le dis pas pour vous flatter, vous savez que Don Spence ne flatte personne. Je le dis parce que c'est vrai.

– Merci, Don. C'est très gentil.

Papa parla avec pudeur, réserve, et pendant un instant, il sembla même refouler ses larmes.

Comme il était beau! On aurait pu le prendre pour un jeune homme. Son attitude était parfaite, il gardait la tête haute. Les cernes bleuâtres autour de ses yeux semblaient avoir disparu. Disparue aussi l'expression pincée, peinée, que nous avions vue sur son visage depuis plusieurs semaines. Il restait sombre, car il était invité au *Don Spence Show* pour parler de la disparition de sa femme dans des circonstances suspectes, mais il savait sourire, aussi, au moment opportun.

Todd, Samantha et moi regardions l'émission chez nous, à Yarrow Heights. (Nous avions pu rentrer, car les « vautours », comme disait papa quand il parlait des journalistes, n'étaient plus aussi envahissants.) Todd enregistrait l'émission, de même qu'il avait enregistré les journaux télévisés et les talk-shows locaux depuis le 27 août, afin d'établir des « archives » pour papa. Son premier trimestre à l'université ne commençait que quinze jours plus tard. D'ici là, pensait Todd, l'affaire des disparitions serait résolue. Nous pourrions alors reprendre une vie normale.

J'y croyais, moi aussi. J'étais retournée au lycée après avoir surmonté les difficultés du premier jour et j'avais l'intention de continuer à y aller. Écoutant ma Zarbie-logique, je me disais *prends les choses une par une, jour par jour, heure par heure, et tu y arriveras !*

Don Spence bombardait Reid Pierson de questions franches et directes, comme toujours, et Reid Pierson répondait de sa voix franche et directe, comme toujours :

– Savez-vous où se trouve votre femme, Reid ?

– Non, Don, je ne sais pas.

– Avez-vous quelque chose à voir avec sa disparition, Reid?

– Non, Don. Absolument pas.

– Vous n'êtes pas en relation avec elle, n'est-ce pas?

– J'aurais voulu l'être. Mais non.

– Connaissez-vous Mero Okawa?

– Non.

– Vous n'avez jamais rencontré cet homme?

– Je n'ai jamais posé les yeux sur lui.

– Y a-t-il quelque chose de vrai, Reid, dans les rumeurs qui disent que votre femme, Krista, voulait le divorce?

– Absolument pas, Don. Absolument pas.

En répondant à cette dernière question, papa parut très ému.

Après une pause publicitaire, le *Don Spence Show* reprit avec la diffusion d'une séquence de documents préenregistrés. Pour nous, la surprise fut totale: des images vidéo de nos parents en gros plan! Papa et mam, plus jeunes, souriaient, l'air heureux, tous deux très séduisants. Je ressentis un choc, ma gorge se noua. Je n'étais pas préparée à ça. Il y avait des photos de Mr et Mrs Pierson avec leurs enfants: le grand et beau Todd («vingt ans, fils d'un premier mariage de Reid Pierson») et les filles Pierson («Francesca, quinze ans maintenant, et Samantha, dix»).

Samantha, assise sur le canapé à côté de moi, poussa un faible gémissement, comme un chaton effrayé.

– Oh, maman !

Je refoulai mes larmes. Je me sentis morte de honte, horriblement gênée de me voir à la télévision. Agrandie sur l'écran géant accroché au mur du salon.

Samantha pleurnichait.

– Je veux que maman revienne. Pourquoi elle n'est pas là ? Papa dit qu'elle se cache.

Todd lui lança d'un ton brusque :

– Tais-toi, Samantha. J'essaie d'entendre l'émission.

A présent défilaient « les moments les plus marquants de la carrière du champion ». Puis de brefs entretiens avec des personnalités connues qui voulaient répondre personnellement de Reid Pierson : le directeur sportif des Seahawks, des rédacteurs sportifs, l'ancien maire de Seattle, Brock Hawley, proche ami de papa pendant des années, l'homme d'affaires-philanthrope Bud Blount. « Ce qui se passe en ce moment, ce procès qui lui est fait par les médias, me met sacrément en colère. Tout homme est innocent jusqu'à ce qu'on ait la preuve de sa culpabilité, voilà l'*american way of life*. Les gens qui connaissent Reid Pierson peuvent garantir que c'est un bon époux, un père de famille aimant, un chic type, un homme droit. Ce que j'en pense, franchement, c'est que c'est une dispute conjugale, une querelle d'amoureux, quelque chose de personnel et de privé qui échappe à… »

Ensuite des clips vidéo passèrent à l'écran, puis des photos de Reid Pierson entre vingt et vingt-cinq ans, accompagné d'une très jolie jeune femme blonde – Bonnie Lynn Byers de Los Angeles, sa première épouse. Bonnie Lynn Byers apparaissait comme mannequin dans des photos de films, et des clips montraient le jeune couple en train de danser pendant le mariage. Enfin, on voyait des photos des Pierson en 1983 au bal du Nouvel An chez le gouverneur, puis dans des vêtements de sport d'un blanc éblouissant, sur le pont du yacht d'un ami en 1984. La voix off de Don Spence continua sur un ton insistant et dramatique, se surperposant à des prises de vues de bateaux à voile glissant sur l'eau : « La première Mrs Pierson est morte brutalement en juin 1985 dans des circonstances jugées mystérieuses à l'époque – un accident de bateau à voile à Puget Sound, dont Reid Pierson a été le seul témoin. » Suivait un collage de photos, de gros plans de Reid Pierson l'air égaré, protégeant son visage des photographes, tandis que la voix de Don Spence poursuivait : « Le médecin légiste du comté a conclu à une mort accidentelle mais, sous diverses pressions, le procureur de Seattle a demandé une enquête plus approfondie. Finalement, dans cette affaire controversée, le premier verdict concluant à une mort accidentelle a été confirmé. Deux ans plus tard, Reid Pierson se remariait. »

Dès que Bonnie Lynn Byers apparut sur l'écran de la télé, Todd réagit comme s'il ressentait une douleur. Il murmura quelque chose comme « Oh, mon Dieu ». Il laissa rouler sur le tapis une canette de bière qu'il tenait dans sa main droite, sans même s'en apercevoir. Samantha et moi lançâmes un coup d'œil craintif à notre grand frère, espérant qu'il ne s'en prendrait pas à nous, mais il avait une expression vide, comme paralysée, le regard hébété, les yeux mi-clos.

Comme le *Don Spence Show* s'interrompait pour laisser la place à de bruyantes annonces publicitaires, Todd se leva et sortit de la pièce d'un pas chancelant.

Samantha murmura :

– C'était la maman de Todd ? Elle est jolie.

Je savais que j'aurais dû courir derrière Todd. Voir sa mère à la télévision comme ça, sans y être préparé, avait été un choc pour moi, je pouvais à peine imaginer ce que cela avait dû être pour Todd. Mais Zarbie m'en empêcha. *Laisse-le tranquille. Il ne veut pas de toi.*

Franchement, j'avais peur de mon frère. Depuis la disparition de mam, et le jour où il l'avait traitée de

« putain », Todd était devenu vraiment versatile et imprévisible. Chez Mr Sheehan et maintenant à la maison, il passait des heures à s'exercer avec des appareils de musculation et à faire de l'haltérophilie. Il se vantait de pouvoir soulever l'équivalent de son propre poids, soit quatre-vingt-quinze kilos.

Le *Don Spence Show* reprit, avec Don Spence et son invité Reid Pierson en direct du studio, comme au début de l'émission. On voyait que les deux hommes avaient parlé ensemble, et même plaisanté pendant le morceau enregistré. Papa n'avait évidemment aucune idée de ce qui avait été diffusé et vu par des centaines de milliers de spectateurs. Et rien ne révélait chez Don Spence qu'il avait poignardé son « rival et ami » dans le dos. Il termina son interview par une remarque enthousiaste sur le fait que Bud Blount avait certainement raison, qu'en Amérique on rend la justice selon le principe : « Tout homme est innocent jusqu'à ce qu'on ait la preuve de sa culpabilité. » Il laissa les derniers mots à papa. Les yeux dans la caméra, Reid Pierson dit :

– Je veux simplement faire appel à quiconque – quiconque – pourrait avoir des informations capitales sur ma femme, Krista Pierson, qui a disparu depuis le 27 août. S'il vous plaît, aidez-nous ! Nous offrons une récompense de cinquante mille dollars à qui pourra nous fournir des renseignements permettant de retrouver Krista. Et, Krista (là, la voix de papa se mit à trembler, ses yeux se remplirent de larmes), si tu regardes cette émission, je t'en prie, ma chérie, je t'en prie, donne-moi de tes nouvelles. Reviens, s'il te plaît. Je t'aime, ma chérie, nous t'aimons tous et tu nous manques. Krista, s'il te plaît.

Samantha sanglotait à présent, et je dus la tenir dans mes bras. Je regardai avec elle la caméra prendre du recul pour montrer Don Spence et Reid Pierson assis amicalement l'un à côté de l'autre, en train de parler entre eux hors micro, tandis que le thème musical de l'émission revenait en force.

Souviens-toi de Mister Coq!. 23

... Je faisais du vélo dans un endroit qui me semblait familier, j'étais pressée, anxieuse, et mon cœur battait vite. Où était cet endroit? Vallonné, avec une odeur d'eau? Je ne savais pas exactement. Il y avait des maisons, je crois, mais séparées par de grands espaces, et leurs couleurs étaient vagues. *Mam? Maman?* J'essayais d'être Zarbie les Yeux Verts, mais j'avais peur, alors que Zarbie n'a jamais peur. Il me semblait savoir que, si j'arrivais à l'endroit vers lequel je me dirigeais, je serais sauvée, mais il y avait un problème avec la bicyclette. C'était celle de Mero Okawa, le guidon était trop haut, les roues bizarrement asymétriques, je ne parvenais pas à garder mon équilibre et je tombais sans arrêt. *Maman? Où es-tu?* Ce n'était pas ma voix, mais une voix beaucoup plus jeune.

Une maison vert pâle flottait au bord de la route, avec de grands pommiers qui déployaient leurs branches dans le jardin. Je savais que c'était une maison importante, mais je n'arrivais plus à me rappeler pourquoi. Soudain, je vis le fleuve – c'était le Skagit, je le savais. J'essayais de pédaler vers Deer Point Road, jusqu'au bungalow de maman, mais la route montait et j'avais beau insister, je n'arrivais pas à pousser sur les pédales. Et pourtant, j'étais Zarbie les Yeux Verts, je savais ce que je voulais, je n'avais pas peur.

Maman! Aide-moi!

Un coq se mettait à chanter. Je le reconnaissais: c'était Mister Coq! Il était perché en haut de la vieille grange. J'essuyais mes yeux et parvenais presque à le voir. Il se confondait un peu avec un perroquet aux plumes vert vif, mais c'était bien Mister Coq, et il me reconnaissait. Et s'il chantait, c'était pour m'encourager.

Soudain, le chant du coq était dans la chambre avec moi, il me réveillait. J'ouvris les yeux, l'esprit confus.

C'était Samantha qui pleurait dans son sommeil. Elle s'était faufilée dans ma chambre et dormait, recroquevillée comme un petit chat sur les couvertures, au bout de mon lit. Comme si elle avait eu peur de se glisser sous les draps avec moi et de me réveiller.

Le terrier secret : 11 septembre. 24

Le lendemain matin, je pris le car Greyhound de neuf heures trente-cinq, qui va de Seattle à Skagit Harbor.

Je crois qu'on peut dire que j'agissais imprudemment. Je m'étais décidée très vite. J'étais Zarbie-impulsive, mais je savais que j'avais raison, après ce rêve où Mister Coq m'appelait.

Sans voiture, il n'est pas facile de se déplacer. Je pris d'abord un bus de Yarrow Heights jusqu'au centre de Seattle, en traversant le pont flottant. Je ne savais même pas où se trouvait exactement le terminal des Greyhound, je n'y étais jamais allée auparavant. J'avais pris un tas de ferries, mais pas beaucoup de cars ni de bus. Le trajet dans celui-ci me parut durer une éternité ! J'étais inquiète, sans doute un peu parano, j'avais peur que quelqu'un me reconnaisse après avoir entrevu la photo de Francesca Pierson, la veille au soir au *Don Spence Show*.

Puis à la gare routière, où la foule n'était pas tout à fait la même que celle que l'on voit dans les aéroports, je commençai à craindre que non seulement quelqu'un me reconnaisse, mais qu'on me reconnaisse et qu'on appelle également mon père, ou la police de Seattle. *Où allez-vous, mademoiselle? Pourquoi n'êtes-vous pas à l'école?* Je me cachai dans les toilettes des dames jusqu'à l'heure du départ de mon car. Je dénouai ma queue-de-cheval, m'enroulai les cheveux autour de la tête, et les fis entrer de force sous une vieille casquette de base-ball de l'université de Washington, appartenant à Todd. Avec mes vêtements kaki défraîchis, ma peau d'une pâleur maladive et couverte de taches de rousseur, l'absence totale de maquillage, je pouvais passer pour un jeune gars mal nourri, si on n'y regardait pas de trop près.

J'avais téléphoné à Twyla avant de quitter la maison, pour lui dire que je ne la verrais pas au lycée ce jour-là. Elle avait immédiatement perçu une certaine tension, une certaine excitation dans ma voix. «Qu'est-ce qui se passe, Franky?» m'avait-elle demandé, et je lui avais répondu: «Je ne sais pas encore, Twyla, je te rappelle demain.»

J'aurais voulu lui en dire davantage, mais je ne trouvai pas mes mots.

Je demandai à Twyla d'informer nos professeurs du lycée que je resterais à la maison pour la journée, à cause d'une légère grippe. Elle se chargerait de me donner les devoirs à faire à la maison. Depuis le 27 août, Twyla et sa mère avaient toutes deux été formidables avec moi, m'appelant pour savoir si elles pouvaient m'aider en quoi que ce soit, mais je ne voyais pas très bien comment.

Parfois j'avais tout simplement envie de leur crier *laissez-moi tranquille!* Mais je me retenais.

J'achetai un billet aller-retour pour Skagit Harbor. Je ne savais pas quand je reviendrais. Je n'y avais tout simplement pas pensé.

Un peu avant neuf heures trente-cinq, tandis que les gens commençaient à monter dans le car de Bellingham qui s'arrêtait à Skagit Harbor, je fis la queue en cachant mon visage. Je me disais sans arrêt *et si papa l'apprend? Et s'il me trouve?* Des idées insensées me passaient par la tête. Lorsque le car fut plein, que la portière se referma et qu'il se mit à pétarader au milieu de la circulation de la matinée, je me sentis si soulagée que je faillis en pleurer.

Je trouvai un siège pour moi seule, et appuyai ma tête contre la vitre. Il était à moitié vrai que j'avais la grippe: je me sentais fatiguée, vidée par un terrible sentiment d'appréhension. *Une super cachette,* avait-elle dit. Je fermai les yeux en espérant.

– Skagit Harbor !

Je fus la seule passagère à descendre. Il n'y avait pas de gare routière à Skagit Harbor, mais simplement un café et une boulangerie où l'on vendait les billets. Cela me parut étrange et j'éprouvai un sentiment de désolation à être de nouveau là, toute seule, dans cette ville que j'avais aimée. J'avais l'impression d'être en tort. J'étais restée assise si longtemps dans le car que j'avais besoin de me dégourdir les jambes, de courir, mais je ne voulais pas attirer l'attention sur moi. Maintenant que le Labour Day était passé, il y avait moins de monde dans les rues. J'espérai que personne ne me reconnaîtrait.

Je vis des affiches du Festival d'arts plastiques de Skagit, qui avait eu lieu le week-end précédent. Je me demandai si ça avait bien marché sans la participation de Mero Okawa et de Krista Connor.

Je ne m'attendais pas à voir l'étroite façade blanche de l'Orca Gallery avec un écriteau FERMÉ sur la porte. Dans la vitrine, des toiles colorées, des poteries et des céramiques, une sérigraphie moirée de fleurs sauvages et de joncs, en bas de laquelle figuraient les petites initiales K.C. dans un coin.

Je quittai rapidement Main Street et m'engageai dans une rue qui montait à flanc de colline, s'éloignant du fleuve. Le matin avait été froid et brumeux, comme d'habitude, mais le temps s'éclaircissait à présent, et un soleil pâle brillait entre les nuages. Il y avait une odeur de fleuve, et de feuilles mouillées. Je me sentais de plus en plus seule. Je pensais sans arrêt *mam m'attend, mais où est-elle?* J'avais du mal à me débarrasser de la conviction qu'elle était vraiment là, que j'entendrais sa voix dans quelques minutes. Je n'arrivais pas à me rappeler pourquoi je lui en avais tellement voulu. A présent, cela me paraissait incroyable.

Mais elle ne m'attendait pas, je le savais. Personne ne m'attendait.

Personne au monde ne savait où j'étais.

C'était une forme de liberté à la Zarbie, et je m'efforçai de me convaincre que c'était une bonne chose.

En traversant Third Street, je vis une maison familière. La maison vert pâle de mon rêve: là où vivaient Garrett et sa famille.

Garrett Hillard. Ou Hilliard? Je n'avais pas bien entendu son nom.

Je me demandai s'il se souvenait de moi. La fille rousse aux taches de rousseur qu'il avait rencontrée un mois avant que sa mère disparaisse. Avant le scandale, avant que Deer Point Road ne devienne le lieu du crime, avant la police.

Je n'avais jamais essayé de joindre Garrett pour lui expliquer ou m'excuser. Lui dire pourquoi Samantha et moi n'étions plus là lorsqu'il était venu nous chercher chez ma mère pour aller faire de la voile.

Dans une autre dimension. Où rien n'était encore arrivé. Où Garrett venait nous chercher pour nous emmener faire du bateau. Où nous étions amis.

Je me retrouvai soudain en haut de Deer Point Road, à la limite de la ville. C'était comme dans mon rêve de bicyclette. J'étais essoufflée et mon cœur cognait fort dans ma poitrine. Je n'avais pas envie d'être là. J'avais peur, j'étais inquiète. Mais Zarbie me stimula : *Allez ! Ne reviens pas en arrière.* Je vis les petites maisons à colombages, peintes en couleurs vives, bleu, jaune d'or, lavande. Et puis le bungalow bordeaux de mam. Elle en était si fière, si fière aussi du vieux négondo qui déployait ses branchages juste au-dessus ! Je m'arrêtai dans la rue et regardai. Tout cela me semblait si étrange – les tournesols jaunes décoraient toujours les volets et le bord du toit. Rien n'indiquait que quelque chose s'était passé là, si ce n'est une bande jaune qui entourait l'arbre et le bungalow, et sur laquelle était écrit en boucle l'avertissement suivant en lettres noires : SHÉRIF COMTÉ SKAGIT NE PAS FRANCHIR CETTE LIGNE – SHÉRIF COMTÉ SKAGIT NE PAS FRANCHIR CETTE LIGNE.

L'enquête de la police n'avait pas révélé beaucoup d'éléments utiles, en dehors du fait évident que le couple disparu avait précipitamment quitté les lieux.

Je n'avais pas envie de me glisser sous la bande jaune pour regarder par la fenêtre du bungalow. Je n'avais pas envie de voir l'intérieur, dans la pénombre. *Puisqu'elle n'est pas là. Personne n'est là.* Je préférai traverser la prairie couverte de fleurs sauvages et me diriger tout au bout du terrain. J'avais de nouveau peur que quelqu'un me remarque. Depuis le 27 août, les habitants de Deer Point Road noteraient tout de suite le passage d'un inconnu ou n'importe quelle conduite inhabituelle.

J'entendis un chien aboyer dans les parages. Je voulais penser que c'était Rabbit.

Mais non, Rabbit avait disparu. Je le savais.

Mister Coq ! Il était là, lissant ses plumes en haut du toit de la vieille grange. Je souris en le voyant. J'eus l'impression qu'il avait perdu de son éclat depuis la dernière fois, et qu'il était de travers sur son perchoir, mais il était toujours aussi radieux et imposant. Les coqs sont des oiseaux si vaniteux, si beaux ! J'écoutai et entendis, ou crus avoir entendu, de vrais coqs chanter dans une ferme voisine. C'était une ferme où l'on vendait des légumes et des fruits au bord de la route. Mam nous y avait emmenées. Je me souvins d'avoir entendu ces coqs tôt le matin, en me réveillant dans le lit installé dans la mezzanine, et les avoir confondus dans mon demi-sommeil avec Mister Coq.

Derrière le coin de la grange, au milieu d'herbes hautes, je retrouvai la grosse pierre couleur de sable, en forme de citrouille mutante, légèrement pourrie. Et partiellement caché par la pierre, difficile à voir si on ne savait pas ce qu'on cherchait, le trou que mam avait identifié comme un terrier de marmotte. *Une super cachette*, avait-elle dit. *On pourrait laisser un message à quelqu'un dans ce terrier. Personne n'aurait l'idée de regarder là*. Je m'agenouillai dans un enchevêtrement de liserons et tendis la main, tâtonnant à l'intérieur. J'appuyai ma joue contre la pierre et fouillai désespérément, espérant trouver... quoi ? Mes doigts touchèrent quelque chose. Du papier ? Du plastique ? Je sortis l'objet, tout excitée. Un sac en plastique imperméable, contenant un journal intime protégé par une couverture toilée de couleur lavande, avec un ruban violet enroulé tout autour. Lorsque j'ouvris le sac, le parfum doux et épicé des fleurs séchées de ma mère m'enveloppa.

«Ils m'ont enfermée dans la Prose». 25

They shut me up in Prose –
As when a little Girl
They put me in the Closet –
Because they liked me «still» –

Still! Could themselves have peeped –
And seen my Brain – go round –
They might as wise have lodged a Bird
For Treason – in the Pound –

Himself has but to will
And easy as a Star
Look down upon Captivity
And laugh – No more have I

Emily Dickinson, 1863

Ils m'ont enfermée dans la Prose –
Comme lorsque petite Fille
Ils me mettaient au Placard –
Pour que je me tienne « tranquille » –

Tranquille ! S'ils avaient pu m'épier –
Et voir mon Cerveau – vagabonder –
Plus fous n'auraient été d'enfermer un Oiseau
Pour Trahison – dans un Enclos –

Il suffit qu'il le veuille
Et avec l'aisance d'une Étoile
Moqueur il baisse les yeux vers sa Captivité –
– Il ne m'en coûte pas davantage.

Ce poème ! Ma mère l'avait écrit à l'encre violette au début de son journal. Son écriture était une véritable œuvre d'art.

Le papier fin était couleur crème, et lorsqu'on le frottait avec son pouce, il avait la texture du grain. Le journal contenait environ quatre-vingts pages, mais ma mère n'en avait utilisé qu'un quart. Les autres étaient vides.

Je lus et relus le poème d'Emily Dickinson. Je ne le connaissais pas. « Ils m'ont enfermée dans la Prose ». Je sentis que je comprenais ce que le poète voulait dire, même si je ne savais pas l'expliquer.

J'étais excitée, je tremblais. J'avais peur de ce que je pourrais lire dans ce journal. Mais j'étais heureuse, aussi. Je savais que je l'aurais trouvé ! C'était mon rêve qui m'avait amenée là, et Zarbie aussi. Je sentais mam tout près de moi. Quoi qu'il arrive, à présent, cela devait arriver.

Entre la deuxième et la troisième page du journal, une feuille de papier avait été glissée. Là, l'écriture de ma mère était hâtive.

Francesca, ma chérie,

Si tu lis ces mots, c'est qu'il m'est peut-être arrivé quelque chose.

J'espère que non. J'espère me tromper. Sois courageuse, ma chérie.

Je vous aime, Samantha et toi. Je vous aime TELLEMENT toutes les deux.

Ta mère

La première partie était intitulée : SANTA BARBARA, 19 AVRIL

Les vagues ! Les vagues du Pacifique se brisant sur le sable, le vent et les cris des mouettes. C'est juste le moment où le soleil disparaît à l'horizon. Que Dieu me vienne en aide, j'ai couru ici me cacher. Ma décision est prise. Je n'ai plus le choix, désormais.

Depuis des mois, depuis des années, je savais que notre mariage était fini. Mais j'avais peur de me l'avouer. Aujourd'hui, cet après-midi, je le sais.

Tranquillement, il m'a dit JE TE TUERAI. AVANT DE TE LAISSER PARTIR AVEC LES FILLES. Ce n'était pas une menace, mais un serment. Il n'était pas en colère, mais calme. Ce terrible calme, nouveau chez lui. Lorsqu'il s'est introduit dans ma chambre du motel, j'ai pensé qu'il allait me battre, m'étrangler, mais il m'a simplement secouée en me tenant par les épaules, pour que je l'écoute. C'est en me voyant à la Foire d'art et d'artisanat avec les autres, des inconnus pour lui mais des amis à moi, qu'il a compris pour la première fois. Il a vu que j'avais une vie en dehors de lui, que j'étais heureuse ici.

SI TU REFUSES D'ÊTRE MA FEMME, TU NE ME LAISSES PAS LE CHOIX, ET SI TU ESSAIES DE ME PRENDRE LES FILLES, JE LES TUERAI ELLES AUSSI. Ce calme terrible chez R. que je ne lui connaissais pas.

Sa voix a tremblé quand il m'a dit : LA MEILLEURE SOLUTION POUR NOUS TOUS, CE SERAIT PEUT-ÊTRE DE MOURIR, KRISTA. PAS TODD, MAIS NOUS QUATRE. PARFOIS, COMME EN CE MOMENT, JE ME DIS QUE CE SERAIT VRAIMENT LA MEILLEURE SOLUTION.

La section suivante s'intitulait: YARROW HEIGHTS, MAI

Ma faiblesse, c'est d'aimer R., même maintenant. Mais je ne peux pas vivre avec lui.

Ses doigts puissants. Je les sens dans mon sommeil.

Personne ne pourrait comprendre. R. n'est pas fou. R. est entièrement sain d'esprit. Vicky ne comprend pas/insiste pour que je voie un avocat/psy/conseiller matrimonial. Je ne peux pas lui dire que je dois trouver ma voie par moi-même, que le fait de consulter un inconnu serait considéré comme une « trahison » par R. et attirerait encore davantage sa colère sur moi.

Car Seattle est une trop petite ville, dit R. Des rumeurs se répandront sur le mariage des Pierson. Il ne peut pas le supporter, pour lui c'est la manifestation publique d'un échec. La femme de Reid Pierson ? Sa deuxième femme ? Qui quitte Seattle ?

Bonnie Lynn Byers. Un mystère.

La première femme de mon mari. Que je n'ai jamais connue.

Si jeune quand elle est morte: 26 ans.

Il ne parle jamais d'elle, sauf pour dire qu'elle était « distraite », qu'« elle ne faisait pas attention » – sa mort était « un accident dû à sa distraction ».

Hier soir j'ai regardé le reporter sportif Reid Pierson à la télévision avec Francesca et Samantha. Les filles l'adorent. Elles sont béates d'admiration devant leur célèbre papa. Je dois sauvegarder cette image de lui dans leur esprit. Je dois trouver le moyen de me PRÉSERVER/DE LES PRÉSERVER. Parfois, mes pensées se cognent partout dans ma tête, comme un papillon emprisonné dans un enclos grillagé. Le ciel est juste au-delà, mais il ne peut pas l'atteindre. Mes ailes se cognent, se cognent et se cognent encore contre le grillage, essayant désespérément de trouver une issue.

Le public, dit-il, attend que Reid Pierson tombe. Les gens l'ont aimé comme star du football et ils l'ont adoré lorsqu'il a été blessé puis obligé de se retirer prématurément. Ce public que R. CRAINT/AIME/REDOUTE ! Sa personnalité télé. Son sourire télé, son maquillage, son postiche. Reid Pierson ne tombera pas, il m'a prévenue.

Il ne faut pas que je perturbe les enfants. Ils me craindront, me fuiront, me mépriseront, c'est tout. R. a monté Todd contre moi, ces dernières semaines. Depuis Santa Barbara. Quand je n'ai pas participé à la « célébration » familiale. Avant, Todd m'aimait – c'était un petit garçon si solitaire, si mélancolique, après la perte de sa mère ! Mais à présent, si je le touche, il me repousse. Si j'essaie de lui parler, il s'en va. Hier soir, il m'a dit : « Écoute, tu n'es pas ma mère, tu es ma belle-mère, compris ? »

Depuis quelques semaines, les filles commencent à se rendre compte de la tension qui règne entre nous. J'ai vu Francesca me fixer d'un drôle d'air. De ses beaux yeux verts. Elle me ressemble tellement, au même âge. J'ai peur pour elle, elle est trop sensible. Franky me regardait d'un air INQUIET/RÉVOLTÉ. On dirait qu'elle sait ce que je cache sous mes écharpes. Mes manches longues. Elle a peut-être entendu la voix de R. en colère. Je sais qu'elle m'en veut. A sa place, je réagirais probablement de la même façon. Car, comme Samantha et Todd, elle aime aveuglément son père.

(Parfois je me sens comme ce pauvre Rabbit qui recule, effrayé, lorsque R. entre comme un ouragan dans la pièce.)

Aujourd'hui, en ramenant Francesca de Forrester jusqu'à la maison, j'ai essayé de lui parler. Je lui ai posé des questions sur la NATATION/PLONGEON, et elle m'a répondu avec une telle agressivité, une telle amertume, que j'en étais abasourdie. Elle prétend détester son prénom « Francesca ».

R. dit « peut-être » pour Skagit Harbor. Lors de la dernière soirée que nous avons passée ensemble avant qu'il s'envole vers l'est pour quelques jours, il s'est montré plus COMPRÉHENSIF/ROMANTIQUE. J'ai donc de l'espoir.

La dernière partie, la plus longue, s'appelait SKAGIT HARBOR, ÉTÉ. L'écriture de mam devenait irrégulière, parfois belle et claire, mais souvent presque illisible, comme si elle avait écrit très vite, dans le noir. Je ne pus me résoudre à lire chaque page, chaque passage. Cela m'était tout simplement impossible.

Deer Point Road, Skagit Harbor. Travail/travail/et travail ! Nettoyage/Décapage/Ponçage/Peinture ! J'adore ça.

R. m'appelle, attend que je l'appelle. Ce que je suis heureuse de faire. Au téléphone, ça se passe souvent bien. Je crois que R. se sent généreux, indulgent en me permettant d'aller à Skagit Harbor « quelques jours de temps en temps » (ses propres mots).

Sauf que : Francesca et Samantha me manquent. Terriblement. Il ne me permet pas de les amener ici. (Pas encore.) Quand je téléphone à la maison, Francesca semble ne jamais y être. Son portable est éteint. Vicky m'a dit qu'elle n'arrivait pas à la joindre non plus.

Lorsque je reviens à Yarrow Heights, ce n'est plus pareil. Comme si les filles ne me faisaient pas confiance. Même Samantha. Je sais : elles ont peur que leur père ne nous quitte. Tant de divorces/familles qui se défont parmi leurs camarades de classe. J'ai promis à R. de ne jamais demander de divorce/séparation/disposition légale. S'il me laisse cette liberté, je peux rester sa femme. Je l'espère.

Se réveiller le matin tôt. Dans cet endroit où je peux respirer. SI HEUREUSE !

(Est-ce de l'égoïsme ? R. dit que oui.)

(Vouloir respirer, ne pas étouffer ? Oui !)

Tellement de gens INTÉRESSANTS/CHALEUREUX/ GÉNÉREUX ici, à Skagit Harbor. Et il y a une galerie qui veut exposer mon travail : l'Orca.

Je fais de la sérigraphie. LENTEMENT/RÉGULIÈREMENT. R. ne m'appelle plus aussi souvent. (Je sais qu'il a une histoire avec quelqu'un à Seattle. Ça ne me gêne pas. Je préfère qu'il ne sache pas que je suis au courant. Mais je LUI/LEUR souhaite du bonheur.)

Bonne nouvelle : les filles vont venir passer quelques jours avec moi pendant que R. est sur un tournage. R. m'a rendue si heureuse que je pourrais l'aimer de nouveau. Il s'est moqué de moi, disant que ce n'était pas difficile de me contenter, et que j'étais bien différente des autres femmes.

Il m'a embrassée, prenant mon visage entre ses mains puissantes. TU SAIS QUE TU M'AIMES, KRISTA. JE SUIS LE PREMIER HOMME QUE TU AIES JAMAIS AIMÉ, TU ME L'AS DIT. ET JE SERAI LE DERNIER.

Les filles sont là ! Je trouve à peine le temps d'écrire mon journal.

Je travaille le matin dans un bonheur total. Les filles m'aident à faire des sérigraphies. Francesca semble enfin détendue avec sa mère. J'avais peur que R. la gifle/secoue comme il l'a déjà fait quand elle était petite à cause de sa personnalité « rebelle », mais à 15 ans, elle est beaucoup plus mûre. Je suis tellement soulagée qu'elle ne soit plus en colère contre moi ! (Je l'ai même appelée « Franky » plusieurs fois, mais elle ne s'en est pas aperçue !) Samantha est contente. Et Rabbit, bien sûr, est au septième ciel, les gens qu'il préfère sont aux petits soins pour lui/le nourrissent/caressent/et il n'a plus à craindre l'irruption d'une grosse voix/coups de pied.

Le regard des filles, quand elles ont vu le travail de leur mère exposé à l'Orca Gallery ! J'ai essayé de ne pas le montrer, mais j'en ai presque pleuré. Peut-être qu'à une petite échelle, elles peuvent être fières de leur mère aussi ? Elles ne semblent pas se formaliser du fait que je signe mon travail K.C.

Merveilleuses journées/soirées/bien remplies. Mero a pris une douzaine de photos Polaroïd de nous à la galerie et ailleurs. Nous avons l'air si heureuses ! Francesca, avec son visage fin et anguleux/ses yeux verts troublants. Le regard doux de Samantha, son visage en forme de cœur. Bien sûr que j'aime R., je m'en rends compte. R. est le père de ces filles-là.

Mero, mon ami le plus proche à Skagit Harbor. Et dans le monde entier. Il m'a confié à quel point il avait été secoué par la conduite de son ami, il y a quelques années. Mero avait été déprimé pendant un an, oui, il avait même « envisagé » le suicide, mais n'avait jamais été plus loin. Après une période d'« hibernation », il avait repris sa vie, et maintenant travail/amis/famille, voilà ce qui compte pour lui. « Et la vie elle-même. Tout est là. »

Un lien profond entre Mero et moi. Un homme GAY/UNE femme hétéro. Étrange, et merveilleuse, l'intense relation affective qui s'établit entre nous. D'une certaine façon, je me sens plus proche de Mero que de ma propre sœur, Vicky. (Qui me presse de quitter R. et s'énerve parce que je ne le fais pas.) Les choses que Vicky semble parfois ne pas comprendre, Mero les saisit instinctivement. Je ne lui ai pas parlé de mon mariage, mais je sais que si je le faisais, Mero comprendrait tout de suite. Pourquoi je suis tombée amoureuse de R. à 22 ans, pourquoi je l'aime à presque 40, bien que je le craigne et ne puisse pas vivre avec lui.

R. serait furieux s'il était au courant de mon amitié avec Mero. Il déteste les homosexuels – les « pédés ». Les athlètes gays surtout le rendent fou. Qu'est-ce qu'il dirait s'il savait que les filles ont rencontré Mero...

Les trois dernières pages du journal de mam étaient écrites dans la précipitation, en catastrophe. Je dus me forcer, pour continuer à lire.

Dimanche 27 juillet. Tout a changé.

R. est venu chercher Francesca et Samantha pour les ramener chez lui. Je suis seule à présent, MALADE/SONNÉE. Quand j'ai téléphoné à la maison à Yarrow Heights, la gouvernante a répondu en demandant : « Qui est à l'appareil, s'il vous plaît ? Qui est à l'appareil, s'il vous plaît ? » C'est une nouvelle, quelqu'un que R. a engagé. Elle ne me connaît pas, paraît CONTRARIÉE/ÉNERVÉE à l'idée de dire à Mr Pierson que j'ai appelé...

Tout s'est passé si vite. Il est apparu soudainement. Même la voiture qu'il conduisait est neuve. J'étais dehors avec les filles, il s'est précipité sur nous en HURLANT/M'ARRACHANT mon sécateur des mains.

Nous sommes entrés dans le bungalow. Les filles attendaient, terrifiées, sur le chemin. Comme j'aurais voulu les protéger de ce côté de la personnalité de leur père... Je l'ai imploré, j'ai essayé de le raisonner. Il répétait sans cesse qu'il avait « de nouvelles preuves » contre moi. Il prétend que je l'ai trompé, que je n'ai pas respecté notre accord sur les filles. Je suis abasourdie, je ne comprends pas.

D'après ce que j'ai découvert, il se pourrait qu'il ait engagé un détective privé pour m'espionner. Et ce détective m'a inventé un « amant ». Pour que son employeur soit d'autant plus furieux et décidé à me persécuter. Je pense que ça pourrait être l'explication. Il a dit qu'« il avait été poussé à bout » – « ridiculisé ». Quand j'ai protesté, il m'a prise par le bras et a commencé à me secouer comme s'il voulait me rompre le cou. Il a refermé ses doigts autour de ma gorge jusqu'à ce que je commence à étouffer et que mes genoux flanchent. Puis il m'a lâchée. Il s'est mis à rire en disant qu'il n'était pas assez bête pour m'étrangler, et laisser la trace de ses doigts sur moi. Il y a d'autres moyens, a-t-il ajouté. Il a dit qu'il reviendrait une autre fois. JETER TON CORPS DU HAUT DU PONT DE DECEPTION PASS. C'EST UNE LONGUE CHUTE. PERSONNE NE TE RETROUVERAIT JAMAIS.

Et puis il est parti, avec les filles. Je suis terrorisée de savoir Francesca et Samantha en voiture avec cet homme, qui pourrait si facilement faire une embardée et sortir de l'autoroute, avoir un « accident » fatal. Je sais à présent que la situation est désespérée.

Rabbit et moi, nous nous blottissons l'un contre l'autre dans le bungalow, la porte fermée, les stores baissés. Bien que je sache que R. est parti. Je pense à Deception Pass – le passage de la Tromperie – à Whidbey Island, à 80 kilomètres environ de Skagit Harbor. Nous y étions passés en été, pour aller voir des amis de R., qui avaient une maison de vacances à Skagit Harbor. JETER TON CORPS. C'EST UNE LONGUE CHUTE. PERSONNE NE TE RETROUVERAIT JAMAIS.

J'ai appelé à la maison. Je suis tombée sur le répondeur. Demain matin peut-être...

« Maintenant tu sais... ». 26

Maintenant tu sais ce que tu dois faire.

Maintenant il va falloir te rappeler ce que tu avais voulu ne prendre que pour un rêve.

C'était la voix de Zarbie.

C'était ma propre voix.

J'appelai tante Vicky sur mon portable à partir de Skagit Harbor. J'attendais le car de quatorze heures quarante pour Seattle. J'étais trop agitée pour m'asseoir sur un banc devant le Skagit Harbor Café, où le car s'arrêtait pour prendre les passagers. J'avais lu et relu le journal de ma mère et le billet qu'elle avait griffonné pour moi. *Si tu lis ces mots, c'est qu'il m'est peut-être arrivé quelque chose.*

Lorsque tante Vicky répondit, elle me demanda immédiatement où j'étais. Je le lui dis, et elle s'exclama :

– Skagit Harbor ! Oh, ma chérie, pourquoi ?

Je lui expliquai que j'étais venue y chercher quelque chose que ma mère avait laissé pour moi.

– Quoi, Franky ? Qu'est-ce que tu es venue chercher ?

– Un journal.

J'essayais de parler calmement. L'excitation de ma tante, son anxiété n'étaient pas vraiment ce que j'aurais voulu entendre de la part d'un adulte.

Depuis que j'avais lu le journal de mam, je crois que j'avais compris qu'elle était morte. Je le savais, mais en même temps je ne réalisais pas vraiment. Tant que je lisais ces pages, écrites de sa main, j'avais l'impression qu'elle me parlait et qu'elle était vivante.

Tante Vicky voulut en apprendre davantage sur le journal, et sur ce qu'il contenait. Je lui dis qu'elle pourrait le lire, que je le lui montrerais dès que je la verrais.

– Et je pense que la police voudra le lire aussi, ajoutai-je.

– La police ? Oh, ma chérie !

Pendant un long moment, tante Vicky resta muette. Elle avait compris ce que je voulais dire.

Je me rappelai à quel point ma tante avait tout fait pour se convaincre que mam était vivante et reviendrait ! L'état d'égarement dans lequel elle était, son acharnement à y croire. Nous avions tous voulu y croire.

Même mon père avait semblé sincère, dans sa «conviction» qu'elle allait bien. Tante Vicky me redemanda où je me trouvais exactement. Je lui expliquai que j'étais devant le Skagit Harbor Café, que j'attendais le car de quatorze heures quarante qui me ramènerait dans le centre de Seattle, au terminal des Greyhound vers seize heures. Elle me dit qu'elle m'y rejoindrait.

Elle ajouta d'une voix hésitante:

– Franky, il vaut mieux que tu saches que ton père te cherche. Mais il n'a aucune idée de l'endroit où tu te trouves.

Mon sang se glaça. J'avais soudain très peur.

Tante Vicky expliqua:

– Quelqu'un a téléphoné chez toi de Forrester, et ta gouvernante a appelé ton père, qui a été très troublé d'apprendre que tu n'étais pas au lycée. Apparemment, il pense que tu es avec moi, ou que je sais où tu es. Je lui ai assuré que je n'avais aucune idée de l'endroit où tu te trouvais, que son inquiétude me paraissait excessive, que tu séchais sans doute tes cours avec des amies, que vous étiez probablement allées au cinéma ou faire du shopping, et que tu rentrerais à la maison à l'heure habituelle. Il s'est mis à crier contre moi. Je me suis même demandé si je ne devrais pas appeler la police, on aurait dit qu'il me menaçait. Avant de raccrocher, il m'a fait promettre de l'appeler si j'avais de tes nouvelles.

– Tante Vicky, non ! Tu ne peux pas faire ça !

– Franky, bien sûr que non. C'est hors de question.

Ma vue se brouillait – je refoulai mes larmes. Chaque fois qu'une voiture passait dans Main Street, où la vitesse était limitée à quarante kilomètres à l'heure, je levais les yeux, craignant que ce soit mon père. Lorsqu'un véhicule gris ou argenté apparut, mon cœur fit un bond dans ma poitrine.

S'il me trouve. S'il trouve ce journal. S'il le lit. S'il pense que je peux le faire lire à quelqu'un. Que je pourrais montrer ce journal à la police.

– Franky ? Tu es toujours là ?

– Oui, tante Vicky. Mais j'ai peur.

– Tu devrais peut-être attendre à l'intérieur du café ? Mais il n'imagine pas du tout que tu puisses être à Skagit Harbor, ma chérie. Ça ne lui viendrait pas à l'idée.

Et pourquoi pas ? J'y penserais, moi, à sa place.

C'était une intuition fulgurante, à la Zarbie. Je n'en parlai pas à ma tante, elle était déjà assez stressée comme ça.

Elle dit, essayant de rester calme :

– Franky, ton car va arriver dans dix minutes. Il y a beaucoup de monde autour de toi, là où tu es, non ? Si je pensais que tu courais réellement un danger, je viendrais immédiatement te prendre. Mais ce serait tellement plus long, ma chérie ! S'il te plaît, va attendre dans le café, d'accord ?

Me cacher de mon propre père ! Voilà à quoi j'en étais réduite !

J'entrai quand même dans le café. Je ne mis plus les pieds dehors jusqu'à ce que le car s'arrête au bord du trottoir, soufflant et crachotant.

En arrivant au terminal de Seattle, je vis aussitôt tante Vicky qui m'attendait. Elle avait les traits tirés, l'air angoissé. Dès que je descendis du car, elle se précipita vers moi et me prit dans ses bras.

– Oh, Franky ! Tes cheveux ! (Elle croyait que je les avais coupés.)

Nous éclatâmes de rire, un peu sonnées, toutes les deux. En même temps, nous étions au bord des larmes, comme si on ne s'étaient pas vues depuis des années.

Le journal était rangé en lieu sûr dans mon sac à dos, enfermé dans une poche à fermeture Éclair. Dans le car, je l'avais lu et relu. J'avais appris par cœur le poème d'Emily Dickinson. Mes mains étaient imprégnées de ce parfum de fleur, doux et épicé. J'eus la Zarbie-idée d'écrire moi aussi dans ce beau journal à la couverture lavande. Je remplirais les pages que ma mère n'avait pas eu le temps de remplir.

« Ils m'ont enfermée dans la Prose. » Mais la Prose peut être la liberté, aussi.

Je me frayais rapidement un chemin à travers la foule, à côté de tante Vicky. Je me dis que j'étais en sécurité, à présent. (Il fallait bien que je le sois avec tous les policiers en uniforme qui surveillaient le terminal.) Pourtant, je ne pouvais m'empêcher de jeter des coups d'œil autour de moi, craignant qu'« il » ne soit quelque part, caché parmi des inconnus, en train de me guetter.

Depuis la disparition de ma mère, tante Vicky avait loué un petit appartement à Seattle, mais elle ne jugeait pas prudent pour nous d'y aller maintenant. Mon père l'avait rappelée, me dit-elle. Et même Todd.

– Ils semblent croire que tu es venue habiter chez moi depuis ce matin, au lieu d'aller à l'école. Ils sont tous deux très soupçonneux, et complètement irrationnels. Todd m'a dit : « Tu forces ma sœur à témoigner contre papa, hein ? Tu ferais bien de faire attention, tante Vicky. » Après le premier appel de ton père, j'avais déjà quitté l'appartement. J'ai pris quelques vêtements pour la nuit et j'ai réservé une chambre pour nous à l'hôtel, à côté du siège central de la police.

J'écoutai Vicky, le souffle coupé. Elle parlait d'une voix si neutre ! Franky ne rentrerait pas à Yarrow Heights, semblait-il. Franky aussi était *passée de l'autre côté*.

L'interrogatoire : 12 septembre. 27

Quand, où ai-je vu ma mère Krista Connor pour la dernière fois ?

Le 27 juillet, à Skagit Harbor. Dans son bungalow de Deer Point Road. Au début de l'après-midi.

Oui. Ma sœur Samantha et moi étions allées passer quelques jours chez notre mère pendant que notre père travaillait à l'extérieur de Seattle.

Oui. Il est rentré plus tôt que prévu. Il est venu nous prendre à Skagit Harbor pour nous ramener à la maison, Samantha et moi.

Non, il n'avait pas téléphoné avant. Il n'avait pas averti maman. Il est arrivé directement. Il était furieux.

Oui. Vraiment furieux.

Non. Ce n'était pas la première fois que je le voyais dans cet état… Je crois.

Non, il ne nous a pas touchées, ni Samantha ni moi. Il n'était pas en colère contre nous.

Oui. Ils sont entrés dans le bungalow. Ils y

sont restés longtemps, il m'a semblé. Une vingtaine de minutes, je pense.

Nous attendions.

Oui, nous avions peur.

Que mon père frappe ma mère, c'est ce que je craignais.

Oui. Bien sûr. J'entendais sa voix à lui qui venait de l'intérieur du bungalow. Peut-être celle de ma mère aussi. Peut-être qu'elle pleurait.

Ensuite ils sont sortis, mon père portait nos bagages. Il fallait partir tout de suite avec lui.

Oui. Directement à Yarrow Heights. A la maison.

Pas à ce moment-là, mais plus tard, il a dit: «Votre mère est amoureuse d'un autre homme. Nous ne pourrons jamais le lui pardonner.»

Oui. J'ai rencontré Mero Okawa. C'était un ami de ma mère à Skagit Harbor.

Mero est quelqu'un de formidable. J'espère... qu'il va bien.

Mais j'ai bien peur que ce ne soit pas le cas.

Non, ma mère et Mero Okawa n'avaient pas de liaison. Contrairement aux affirmations de mon père.

Ils étaient amis. Ils sont amis, je veux dire.

S'ils sont vivants, ils sont simplement amis.

Oui, je pense. Homosexuel. Mais je ne classe pas les gens par catégories.

Parce que moi non plus, je ne veux pas que des gens stupides me collent une étiquette. C'est une façon de penser paresseuse, et cruelle.

Oui. Il me semble que je les ai entendus, quelquefois.

Jamais devant nous. Presque toujours dans leur chambre, la porte fermée.

Mon père se met facilement en colère. Je pensais que c'était ma mère qui le provoquait, mais j'avais tort, j'en voulais à ma mère d'être maltraitée.

Elle portait des écharpes, des manches longues pour cacher les marques sur sa peau. Mais je savais ce que c'était.

Je crois que c'est parce que j'avais terriblement peur. C'était plus facile de la détester.

Non, mam n'en a jamais parlé.

Elle ne l'a jamais critiqué. Elle savait que Samantha et moi adorions notre père.

Que nous l'aimions vraiment. Je l'aime toujours.

Il est mon père, et il est Reid Pierson. C'est pour ça.

Pourquoi? Mam avait peur, je pense. Peur qu'il lui fasse plus de mal, et qu'il nous en fasse à Samantha et à moi. C'est ce qu'elle dit dans son journal, et je crois que c'est ce qui explique son attitude.

Si vous lisez son journal, alors vous comprendrez.

Oui, je crois que c'est exactement ce qui s'est passé.

Non, ça va. Je ne pleure pas. Je veux continuer.

Oui. Quelquefois. Pour nous «corriger».

Je ne m'en souviens pas très bien. C'est assez vague, comme un mauvais rêve ou quelque chose qu'on a vu à la télévision il y a longtemps et qui s'est mélangé à la vie réelle.

Des fessées, quand j'étais petite. Parce que je désobéissais, je suppose.

Parfois des gifles, des coups, ou bien il me secouait très fort. Papa me prenait par les épaules et il me secouait, secouait, secouait encore, comme s'il voulait me briser le cou.

Oh, non! Je croyais que c'était ma faute, que je le méritais.

Je le crois toujours, d'une certaine façon.

Il est difficile de changer ce que l'on ressent. Il est beaucoup plus facile de changer ce que l'on pense.

Pourquoi? Parce que papa nous aimait. Il nous aime.

Il ne nous aurait pas corrigées, disait-il, s'il ne tenait pas à nous.

C'est vrai, même maintenant. Je le comprends.

Mais c'est une façon malsaine, erronée de voir les choses.

Oui, je pourrais dire ça. Si je dois le jurer…

Oui, mon père nous a «brutalisées», ma sœur et moi.

(Elle n'en parlera probablement pas. Elle a peur. Et maintenant que mam a disparu, elle ne peut plus qu'aimer papa. Je ressens la même chose qu'elle. Mais il faut que je dépasse ce sentiment. Je ne peux pas le protéger plus longtemps.)

Lorsque j'ai lu le journal de mam. C'est là que j'ai compris.

En fait, je crois que j'ai toujours su. Mais je ne voulais pas l'admettre.

Il a dit que nous devrions choisir entre eux. Eh bien, je choisis mam.

Je ne peux pas la sauver, je le sais. Je l'accepte… elle ne reviendra pas.

Samantha n'est pas encore au courant. Tante Vicky et moi devrons le lui dire bientôt.

Peut-être que j'ai tort. Peut-être que mam et Mero Okawa sont vivants, quelque part. Comme le prétendent certains journaux. Autant croire au paradis, ça soulage un peu de la douleur.

La dernière fois que j'ai parlé à ma mère? Le 25 août.

Elle a téléphoné de Skagit Harbor. Elle semblait bouleversée. Elle disait qu'elle nous aimait, Samantha et moi. Je lui ai dit que si c'était vrai, elle devrait revenir à la maison, et elle n'a pas réussi à s'expliquer. Alors je me suis mise en colère. J'étais furieuse contre elle. Papa avait raconté qu'elle nous faisait du chantage aux sentiments, et j'y croyais à l'époque. Papa nous avait affirmé qu'elle avait un amant et j'y croyais aussi.

Je lui ai dit que je détestais mon prénom « Francesca ».

Je lui ai dit que je la détestais.

Oui, c'est la dernière fois que j'ai parlé avec ma mère, Krista Connor.

Non, je n'ai pas entendu mon père sortir de la maison la nuit du 26 août.

Mais je l'ai entendu rentrer à quatre heures trente-huit du matin.

Je n'avais pas très bien dormi. Je repensais peut-être à la conversation que j'avais eue avec ma mère. Aux mots qu'elle avait murmurés.

Qu'on lui manquait, Samantha et moi. Elle pleurait, et je sais maintenant qu'elle avait peur de ce qui pourrait lui arriver. Elle avait tellement peur, et je ne l'ai pas écoutée ! J'ai raccroché.

Je pensais à tout cela, et je n'arrivais pas à dormir.

Samantha était venue dans ma chambre vers minuit. Elle dormait recroquevillée dans mon lit, tournée vers le mur, les couvertures sur le visage. Samantha a le sommeil très profond, parfois, comme un bébé.

La nuit, je passe mon temps à me lever et à me recoucher. Je ne dors plus jamais d'une seule traite. Quelquefois – c'est bizarre – j'ai l'impression de ne plus savoir comment on fait pour dormir. Il y a un mécanisme dans mon cerveau qui ne fonctionne pas. On pourrait oublier comment il faut faire pour dormir, n'est-ce pas? Je reste étendue là, et mes pensées se pressent, rapides et tranchantes comme des tessons de verre, rien de doux ni de rêveur en elles. Alors, je ne peux pas le supporter. J'ai peur.

En réalité, je n'étais pas au lit. J'étais assise dans le noir, je perdais du temps devant mon ordinateur. J'avais essayé de lire, sans parvenir à me concentrer. On n'a pas besoin de se concentrer pour surfer sur le web. On n'a presque pas besoin de cerveau. Le cerveau, c'est le web. On ne se donne pas le temps de s'énerver, ni de s'ennuyer, ni même d'avoir peur, il suffit de cliquer, et c'est parti!

J'ai entendu un bruit dehors. Le vent était tombé, le lac était plutôt silencieux. J'ai tendu l'oreille et je me suis dit que c'était probablement un moteur de voiture, mais je ne pouvais rien voir de ma chambre dont les fenêtres ne donnent pas sur l'allée. Je suis donc sortie dans le couloir et j'ai regardé par l'une de nos portes en verre coulissantes. J'ai vu la voiture de papa, tous phares éteints. Je me rappelle avoir pensé: *« C'est étrange, les phares sont éteints. »* Car on ne voit jamais de voiture la nuit, avancer sans lumière. Cette voiture roulait tout doucement, le moteur arrêté, vers le garage. Notre allée est en pente et on peut la descendre en coupant le moteur. D'habitude, papa ne le fait jamais, mais cette nuit-là, il avait coupé le moteur pour entrer dans le garage. Et il n'a pas baissé la porte, en sortant.

On croirait entendre le tonnerre au loin quand cette porte se referme. Et quand elle heurte le sol en béton, elle fait un bruit sourd qu'on entend dans toute la maison.

Un autre détail étrange: au lieu de pénétrer dans la maison par la cuisine, comme le font toujours mes parents, papa est sorti du garage, a traversé le chemin pour entrer par une porte que personne n'ouvre jamais, à l'autre bout du bâtiment.

Notre maison est une construction bizarre, «postmoderne». Elle a un étage, mais à cause de la colline sur laquelle elle est bâtie, certaines parties du premier étage sont au niveau du sol. Presque toutes les pièces ont une porte qui donne sur l'extérieur, mais seules deux ou trois d'entre elles sont utilisées – on ne peut pas avoir une clé pour chacune, sauf si on le veut absolument. Je me disais donc qu'il était étrange que papa entre dans la maison par cette porte de la chaufferie, car il avait dû se procurer une clé exprès pour l'ouvrir, ce n'était pas le genre de clé qu'il avait habituellement sur lui.

Papa franchit donc cette porte, tout au bout du bâtiment. Il faut alors suivre le couloir, passer devant la salle de gymnastique et la piscine intérieure, monter quelques marches, traverser le salon, descendre quelques marches, suivre un autre couloir, avant de se retrouver au rez-de-chaussée, dans le couloir qui mène à nos chambres. Celle de nos parents fait le coin, c'est une grande pièce avec sa propre véranda qui donne sur le lac.

Je le vis. Je pouvais suivre la progression de ses pas, je sentis sa présence. Je faillis même lui crier: «Bonjour, papa! » Je savais que, s'il me voyait éveillée si tard, il me gronderait un peu, mais que d'une certaine façon, il serait impressionné.

Parce que les choses «extrêmes» l'impressionnent toujours. L'effort physique, l'endurance. Avoir du cran, il appelle ça. Il déteste la faiblesse, comme il déteste l'échec.

Quand je regagnai mon lit, il était quatre heures et demie du matin.

J'avais l'esprit si clair, j'étais si bien éveillée que je ne pouvais pas ne pas voir l'heure.

Ça va. Je me sens mieux, à présent.

Oui, vraiment. Je voudrais simplement en finir, s'il vous plaît.

Non, en fait, je n'ai pas vu papa prendre ses cachets de codéine.

Il nous a expliqué qu'un médecin lui en avait prescrit. Qu'il dormirait au moins douze heures d'affilée avec ça. Et qu'il avait une sinusite aiguë.

Oui. Papa avait les yeux injectés de sang, je crois. Il semblait enrhumé… il reniflait et se mouchait. Il avait du mal à tenir debout, à garder l'équilibre. Samantha et moi avons fait semblant d'être ses infirmières, pour l'aider à marcher…

Non. Non, jamais avant. Pas que je me souvienne.

Oui. Mr Sheehan nous a fait répéter ce qu'il fallait dire si on nous posait des questions sur les médicaments de papa, il voulait qu'on insiste sur le fait qu'ils étaient très forts, et qu'il avait dormi toute la nuit du 26 août.

Oui. Todd, Samantha, notre gouvernante, et moi. Nous avons tous juré que papa était assommé par son traitement, qu'il ne pouvait pas avoir quitté la maison.

Et papa, aussi. Papa a juré.

C'est ce qu'il a dit à la police, n'est-ce pas?

Est-ce qu'on pourrait s'arrêter quelques minutes? Je me sens… Je ne me sens pas bien.

Oui, ce que j'ai affirmé le 1er septembre n'était pas vrai.

Je ne sais pas si je mentais. Je ne sais pas si je me rendais compte que je protégeais mon père. Il y avait cette conviction, dans notre famille, que tout le monde était contre nous. Que mam l'avait fait exprès, qu'elle se cachait quelque part. Mr Sheehan nous a expliqué ce qu'il faudrait répondre quand on nous interrogerait. Il a voulu que Samantha et moi lui répétions notre version des faits. J'étais très fatiguée. Je voulais que tout finisse au plus vite. J'ai affirmé que papa était allé se coucher vers vingt et une heures et qu'il avait dormi douze heures, pendant toute la nuit. Todd l'a juré, il a juré qu'il avait vu papa prendre ses cachets de codéine. Je sais que c'est ce qu'il vous a déclaré, que c'est son témoignage. Je ne dis pas que mon frère a menti sous serment. Je ne sais pas ce qu'il a dans la tête.

Ma tante vous a raconté ça? J'aurais préféré... qu'elle ne le fasse pas.

Je ne veux pas en discuter. Excusez-moi.

Je le répète, je ne sais pas ce que mon frère a dans la tête.

Oui. Parce qu'il me l'a dit.

Parce que c'est mon père et qu'il me l'a dit.

Oui, je l'ai cru. Je l'ai toujours cru.

Même quand je savais bien... quelquefois.

Non. Papa ne m'a pas menacée. Il m'aime.

Je le croyais, mais en même temps, je savais que ce n'était pas clair. Je voulais croire que je n'avais pas vu ce que j'avais vu cette nuit-là. Il aurait pu s'agir d'un rêve. Je voulais croire que ce n'était qu'un rêve.

Parce que papa a pris mes mains dans les siennes et m'a juré qu'il n'avait pas fait de mal à mam, qu'il n'avait aucune idée de ce qui lui était arrivé, il me l'a juré!

Je te le jure, ma chérie. Je t'aime. Tu le sais, Franky, n'est-ce pas?

Alors, j'ai répondu oui.

Mais maintenant que je connais la vérité, je ne peux pas mentir pour lui. Je ne peux pas le protéger.

J'aime mon père, mais c'est mam qui a besoin de moi. Voilà comment je vois les choses. Le mieux, c'est de dire la vérité, peu importe qui cela aide ou blesse. C'est pourquoi, à présent, je dis la vérité.

Moi, Francesca Pierson, je jure devant cette cour, et je jure devant Dieu.

III
Dans les Sangre de Cristo Mountains, Nouveau-Mexique : décembre

La vérité, toute la vérité, rien que la vérité.

C'est un idéal de Zarbie les Yeux Verts, qui ne marcherait jamais dans la vie réelle. Mais dans ce journal, que j'appelle le journal lavande, c'est mon idéal.

Les premières vingt-trois pages de ce journal lavande sont de la main de Krista Connor. Les autres seront de celle de Zarbie.

Parfois l'écriture blesse. Parfois je déteste ça. Les mots ne veulent pas venir. Et j'ai passé une nuit affreuse, j'ai rêvé de ce pont au-dessus de Deception Pass... et de la longue, terrible chute dans l'eau, en dessous.

D'autres jours, c'est aussi facile que parler à quelqu'un en qui l'on a confiance.

Avec un stylo-feutre à encre violette, j'ai écrit dans le journal lavande tout ce que je me rappelle. Pas seulement mon témoignage, mais le reste. Ce qui est arrivé à ma mère, Krista Connor, et par conséquent à notre famille. J'insiste surtout sur les faits. J'essaie de ne pas trop y mettre d'émotion. Car les émotions sont comme des flammes, du feu. Elles s'embrasent, peuvent causer de terribles dommages, mais elles ne durent pas. Les faits, eux, durent.

Voici les faits que j'ai consignés dans le journal lavande :

Nous habitons à présent dans la Moreno Valley des Sangre de Cristo Mountains, à l'est de la petite ville de Taos et du Rio Grande, au nord-est du Nouveau-Mexique. (J'aime cet endroit !) Ce n'est pas vraiment notre domicile permanent, mais cela pourrait le devenir si la perspective d'un nouveau travail ici pour Vicky se confirmait.

Un juge du tribunal de grande instance chargé des affaires familiales de Seattle nous a confiées, Samantha et moi, à la garde de notre tante. Étant donné que notre père, Reid Pierson, a été condamné à la prison à perpétuité avec une peine de sûreté de cinquante ans, sans possibilité de libération conditionnelle, il n'a pas contesté cette décision. Ni aucun membre de la famille Pierson, d'ailleurs.

– Il faut que nous puissions quitter le Nord-Ouest avant l'hiver.

Voilà ce que nous disait tante Vicky avant même

que la sentence ait été prononcée. La semaine suivante, elle avait démissionné de son travail à Portland, pris l'avion jusqu'à Taos, au Nouveau-Mexique, pour se présenter à un poste de direction à la Taos Institute Foundation.

– Un boulot super, nous expliqua tante Vicky, il s'agit de parrainer des artistes, des musiciens, des archéologues...

Si elle regrette de quitter Portland, sa famille et ses amis, elle n'en a rien montré.

Nous habitons dans une région vallonnée, peu peuplée, à environ vingt-cinq kilomètres de Taos, dans une maison de style espagnol en stuc et adobe, avec un toit en tuiles orange, un jardin intérieur où s'épanouissent des bougainvillées d'un rouge pourpre. Les fenêtres donnent sur les Sangre de Cristo Mountains et sur le ciel écrasant, tellement différent de celui de Seattle, que je m'arrête pour le contempler, parfois, en me demandant qui je suis. Dans le journal lavande, j'essaie d'exprimer ce que je ressens, mais ce que j'écris me paraît médiocre et stupide.

Le Sud-Ouest est un beau rêve qui ne dépend pas du rêveur pour exister.

Après avoir fini de lire le journal de ma mère, tante Vicky l'a remis à la police, qui a envoyé une équipe de recherche à Deception Pass, Whidbey Island. Trois jours plus tard, les corps étaient retrouvés.

Selon les médias, « déchiquetés et en état de décomposition avancée ».

Selon les médias, « l'identification a été rendue possible grâce aux empreintes dentaires ».

Selon les médias, il a été déterminé que : « Krista Connor et Mero Okawa ont été tous deux tués par des balles de calibre 38 tirées à bout portant. »

Des bagues avaient été retirées des doigts de Krista Connor. Elles ont ensuite été retrouvées et identifiées par des membres de sa famille, dans un coffre que Reid Pierson avait loué dans une banque de Seattle.

Le corps de Rabbit n'a jamais été retrouvé. Il ne reste que les taches de sang sur le jeté de canapé de ma mère, que l'on présume être siennes.

Même après avoir plaidé coupable pour les meurtres de Krista Connor et de Mero Okawa, Reid Pierson a toujours nié avoir blessé ce « gentil petit chien ».

Au début, après son arrestation et sa mise en examen par le jury d'accusation, Reid Pierson a plaidé non coupable face aux charges d'enlèvement et d'homicide qui pesaient contre lui. Puis, comme les preuves s'accumulaient en sa défaveur, son avocat,

Mr Sheehan, a plaidé «non coupable pour raison de démence passagère au moment de l'action». Lorsque sa défense s'est écroulée, aucun psychiatre n'ayant accepté d'être engagé pour soutenir cette thèse, Mr Sheehan a essayé de plaider coupable pour enlèvement et coups et blessures ayant entraîné la mort sans intention de la donner, ce qui a été rejeté par l'accusation. (Reid Pierson prétendait que Krista Connor et Mero Okawa l'avaient agressé les premiers, menaçant de le supprimer, et qu'il avait été contraint de se défendre en les tuant; il n'a pu expliquer pourquoi ils les avait forcés à monter dans le 4x4 d'Okawa sous la menace de son revolver, pourquoi il avait obligé Okawa à les conduire jusqu'à Whidbey Island, avant de les abattre et de jeter leurs corps du haut du pont.) Après plusieurs semaines de négociations au tribunal du comté de Skagit, l'avocat a décidé de plaider coupable, en échange de l'assurance qu'il n'y aurait pas de condamnation à mort.

– Salope! Dénoncer son propre père! Tu as intérêt à ne pas te trouver sur mon chemin, petite garce!

Todd me hait, maintenant. Il ne m'adressera plus jamais la parole.

Todd a abandonné ses études. Il paraît qu'il vit quelque part à Seattle.

Mon frère est persuadé (il suffit de voir le site qu'il a créé sur Reid Pierson) que notre père a eu un accès de folie à cause de la conduite de notre mère, et qu'on ne peut pas lui reprocher de les avoir tués, son « amant » et elle. Pour lui, il est inconcevable que Reid Pierson soit incarcéré dans les quartiers de haute sécurité de la prison d'État d'Okanogan, près de la frontière canadienne.

Todd croit que le journal de Krista Connor était un « leurre » et que tout ce qu'elle a écrit dans ses pages « n'était qu'une somme de mensonges destinés à accuser mon père ». En outre, d'après lui, sa sœur Vicky et elle « se sont mises d'accord pour me monter contre lui ».

Todd pense que j'ai trahi notre père. Il m'a menacée. La dernière fois que nous nous sommes vus, en présence des magistrats du tribunal, il s'est précipité sur moi, m'a prise par le poignet et m'a secouée en m'insultant, avant que les gardes le repoussent.

Le visage de mon frère était tordu par la colère, par la haine qu'il a pour moi. Je ne l'oublierai jamais.

Ne me déteste pas. Je t'aime.

Je veux t'aimer...

Tu es mon frère, Todd. De notre famille, il ne me reste plus que Samantha et toi.

Lorsque Todd m'a agressée, j'ai réussi à ne pas avoir l'air d'avoir peur. J'étais Zarbie-la-rapide au moment de me défendre, je lui ai même donné un coup de pied dans le tibia mais, après, je me suis mise à trembler comme une feuille et j'ai éclaté en sanglots. Tante Vicky et d'autres membres de la famille Connor étaient là pour m'embrasser et me consoler. Je demandais sans cesse :

– C'est vrai que je suis une salope ? Parce que j'ai témoigné contre papa ?

Tante Vicky a répondu avec fermeté :

– Non. Tu as dit la vérité. Tu as été sacrément courageuse, à mon avis. Et maintenant, c'est fini.

Dans le journal lavande, j'écris : « *Et maintenant, c'est fini.* »

Zarbie me dit que c'est vrai, que je dois y croire. Il faut que j'essaie d'y croire.

Samantha est en sixième à l'école Est de Taos. Je suis en première au lycée Est de Taos. C'est un grand lycée, avec au moins un millier d'élèves, mais les gens sont si chaleureux au Nouveau-Mexique que le fait d'arriver dans une classe au milieu de l'année et de ne connaître personne n'a rien à voir avec ce que ce serait à Forrester.

« Salut, Franky ! » – des gens que je connais à peine

m'appellent, me sourient, et je me sens la bienvenue ici, même si rien ne me semble vraiment réel. Pour maîtriser une situation nouvelle ou confuse, dit Vicky, il faut affronter les problèmes un par un, chaque jour et chaque heure à la fois : on dirait que ça marche. Je me demande si les gens savent qui je suis ici, mais je ne vais pas chercher à approfondir.

J'avais décidé de ne faire partie d'aucun club, ni d'aucune équipe sportive, pour mieux me concentrer sur mon travail scolaire et sur l'écriture, mais l'odeur de la piscine de l'école, l'eau frémissante couleur d'aigue-marine, et le carrelage brillant au fond du bassin m'ont rapidement fait changer d'avis. Maintenant, j'appartiens donc à l'équipe féminine de natation et de plongeon du lycée. En fait, je suis pratiquement la nageuse la plus rapide de l'équipe, et peut-être même la meilleure plongeuse. Les autres filles me respectent... Je pense que nous allons devenir amies. Pendant que je faisais mon essai avec la coach, j'ai entendu une fille dire à une autre fille : « Ouah ! Elle est bonne ! »

Bien sûr, mes amis de Seattle me manquent. Mais ce sont toujours mes amis. Avec Twyla, nous nous envoyons tout le temps des e-mails, nous nous téléphonons, et elle va venir me voir cet hiver. La première chose que Twyla m'a dite, après la condamnation de mon père, c'est que j'avais eu raison d'agir ainsi. Je suis sûre qu'elle le pensait, car elle a ajouté qu'elle ne savait pas si elle aurait eu le courage de le faire, à ma place.

Tante Vicky se décrit comme « une ancienne fanatique d'équitation » et là, au Nouveau-Mexique, elle a recommencé à monter à cheval. Elle a également inscrit Samantha dans un manège. Après sa première leçon, Samantha était émerveillée. Je n'ai jamais vu ma petite sœur, d'habitude si rêveuse, aussi déterminée.

Je vais souvent courir, marcher et parfois faire de longues randonnées avec mes nouveaux amis du lycée. La plupart du temps, nous faisons des excursions dans les contreforts des montagnes : c'est un pays de canyons et de mesas, de parois rocheuses striées, de collines, de ravins à sec et d'énormes rocs, d'arbres rabougris et de cactus, avec toujours les montagnes, au loin. Parfois nous nous rendons à Chaco Park en voiture, et nous marchons entre les ruines pueblos, qui datent de plusieurs milliers d'années et sont les vestiges des villages d'une tribu indienne depuis longtemps disparue, les Anasazis. Le vent souffle toujours ici, la lumière joue avec l'ombre, et on a l'impression d'être effleuré par des esprits. Certains de ces villages sont si paisibles et silencieux que l'on sait que ce sont des sites sacrés. Je suis heureuse ici : c'est ce que je me dis.

Mais parfois, mam me manque terriblement. Je pense à notre dernière conversation et je n'ai plus qu'une envie : m'allonger sur les rochers, dans la poussière, et ne plus jamais me relever.

Avant de nous installer à Taos, tante Vicky nous a emmenées à Skagit Harbor pour vider le bungalow de ma mère. En fait, tante Vicky en était copropriétaire, mais elle a voulu le vendre : « Personne de la famille n'aura plus jamais envie de séjourner ici. »

Nous avons loué une camionnette pour enlever les quelques meubles de mam, ses effets personnels et ses objets d'art. Nous avons donné d'autres affaires aux voisins et aux amis qui étaient venus nous aider.

C'était un moment triste. Mélanie nous serrait sans cesse dans ses bras, Samantha et moi, elle nous cajolait et essuyait ses larmes. Même Princess se frottait contre mes jambes, flairant et gémissant. Nous avons vu que l'Orca Gallery était à vendre.

Un grand et beau garçon de dix-sept ans environ, avec des cheveux raides, couleur sable, est venu vers moi et m'a dit :

– Tu te souviens de moi, Franky ? Garrett Hilliard.

Garrett ! J'ai dû avoir l'air surpris, car Garrett ne ressemblait pas au souvenir que j'avais de lui. Et à sa façon de me regarder, j'ai eu l'impression qu'il ne m'aurait pas reconnue non plus, dans d'autres circonstances.

Comment nous avons réussi à nous sortir des trois ou quatres minutes qui ont suivi, je l'ignore.

Garrett a dit qu'il était profondément désolé pour ma mère, qu'il l'aimait beaucoup. Puis il y a eu un blanc, il ne savait plus quoi dire. Alors j'ai balbutié :

– J'ai vraiment adoré mon séjour à Skagit Harbor, c'est un endroit super, j'y ai passé le plus bel été de ma vie...

Des mots incroyablement stupides et qui sonnaient tellement faux ! Je n'en croyais pas mes oreilles. Zarbie m'a aidée à me reprendre *du calme. Respire et tais-toi.* Garrett était en train de dire :

– Ce jour-là, je devais venir te prendre avec ta sœur pour vous emmener faire de la voile. Quand je suis arrivé, j'étais un peu en retard, j'ai vu le break de votre mère dans le chemin, mais personne ne semblait être là. J'ai frappé à la porte, crié qui j'étais, regardé tout autour pendant un moment, puis j'ai pensé que je m'étais trompé d'heure ou que vous aviez changé d'avis et que vous étiez parties ailleurs. Ensuite, j'ai oublié. Enfin, ce n'est pas que j'ai oublié, pas exactement, je... je ne me suis plus posé de questions. Et puis, après...

Je lui ai dit :

– Garrett, je suis désolée. C'était le jour où mon p… père est venu pour nous ramener… à la maison avec lui.

Mon visage s'est figé, j'avais peur d'éclater en sanglots. Garrett se frottait la bouche, l'air accablé. Je me suis sentie désolée pour nous deux!

Quoi qu'il en soit, en dépit de la maladresse de ces premiers mots, on s'est très bien entendus, Garrett et moi. Il fallait simplement un peu de temps. Il nous a aidées à charger la camionnette, puis les Hilliard nous ont invitées chez eux, tante Vicky, Samantha et moi, pour dîner tôt, avant de repartir pour Seattle. Garrett et moi avons échangé nos adresses e-mail, et nous restons en contact. Parfois tous les jours. Les Hilliard ont l'intention d'aller skier à Taos Valley pendant les vacances d'hiver, au lieu de se rendre dans les Alpes comme d'habitude, comme ça, nous pourrons être ensemble, Garrett et moi.

La dernière fois que j'ai vu mon père, c'était pendant sa garde à vue. Depuis ce jour-là, depuis qu'il est incarcéré dans la prison d'État pour hommes d'Okanogan, nous avons interrompu toute relation.

Le souvenir que j'ai de cette rencontre est comme un mauvais rêve.

J'ai reçu un choc en voyant papa: non seulement Reid Pierson portait une horrible combinaison vertde-gris trop étroite aux épaules, mais il était arrivé quelque chose à son épaisse chevelure châtain : il était presque chauve !

Je restai là, interloquée. Ce fut l'une des plus grandes surprises de ma vie. Quand j'y repense, maintenant, je me dis qu'il y avait quelque chose de comique dans ma naïveté. *J'avais été moins étonnée d'apprendre que mon père était un assassin que de savoir qu'il s'était déguisé, qu'il avait porté un postiche pendant des années.*

Sur les côtés et derrière sa tête, il ne restait de ses cheveux qu'un frisottis d'un gris métallique, et sur son crâne une demi-douzaine de malheureux cheveux gris. En voyant mon expression, papa toucha son front du bout des doigts et dit, dégoûté et gêné :

– C'est la tactique de ces salauds d'humilier les prisonniers. Si j'avais un œil de verre, ils me le prendraient.

Je me suis soudain souvenue, dans le journal de mam, de son allusion, qui m'avait laissée perplexe, à un « postiche ». Je comprenais, maintenant.

La fameuse chevelure de Reid Pierson avait disparu, son visage avait perdu son air querelleur et enfantin, son enthousiasme. Il paraissait fatigué, maussade. Comme si le match était fini, qu'il avait perdu. Et que ça ne l'intéressait plus.

Tante Vicky ne voulait pas que je voie mon père

toute seule. Mais je lui avais dit que tout se passerait bien. A l'exception de deux gardiens qui se tenaient dans une autre partie de la pièce, nous étions seuls, dans un parloir éclairé au néon, sans fenêtre. Papa était d'un côté d'une séparation grillagée, moi de l'autre, tous deux assis sur des chaises dures en vinyle. Pendant les quelques minutes où nous sommes restés ensemble, il a parlé de façon confuse, perdant le fil de son discours, et regardant souvent la pendule sur le mur. (Je me suis demandé si son prochain visiteur était plus important que sa fille de quinze ans, et même à ce moment-là, j'étais encore assez puérile pour en souffrir.)

J'ai balbutié :

– P… papa, je… je suis désolée d'avoir… dû faire…

Il m'a répondu avec ironie :

– Bien sûr. J'ai pigé, Francesca.

–… parce que, je… vraiment, je…

Je t'aime vraiment. Je ne peux pas croire à ce qui est arrivé.

J'aurais voulu dire à mon père que j'étais désolée, non pas d'avoir révélé la vérité à la police, mais d'avoir dû révéler cette vérité-là, et pas une autre. Mais la distinction était trop subtile, je n'ai pas su l'exprimer et, de toute façon, ça ne l'intéressait pas. Il m'a interrompue pour me dire, avec un sourire qui pouvait aussi bien être sincère que sarcastique :

– Francesca, je ne te déteste pas. Je ne suis même pas déçu. Je te pardonne.

Il s'est penché en avant, en accentuant son sourire, et appuyant son front contre le grillage, il m'a dit d'une voix plus basse et rageuse, qui a attiré l'attention des gardiens :

– Tout ce que je sais, c'est que ma femme et sa garce de sœur se sont liguées pour te monter contre moi. Monter une fille contre son propre père ! Une fille censée être intelligente, comme son foutu père, mais qui n'est pas si brillante, finalement, qui se révèle malléable entre les mains de ceux qui savent la manipuler, et qui devra vivre avec ça, tu comprends ? Alors je m'en lave les mains, tu ne m'intéresses plus, tu n'es plus ma fille. Tu peux dire à ta tante chérie que son tour viendra : mon fils n'est pas aussi malléable que mes filles.

La visite était terminée. Quelqu'un m'accompagna vers la sortie. J'étais hébétée, je clignais des yeux. J'avais les idées trop confuses pour pleurer. J'ai assuré à tante Vicky, qui m'attendait à la porte, que la rencontre ne s'était pas mal passée. Mais j'avais l'impression que mon père m'avait prise par les épaules et qu'il m'avait secouée jusqu'à ce que quelque chose craque dans mon cou.

ADHÉREZ MAINTENANT ! GROUPE DE DISCUSSION REID PIERSON !

VOYEZ COMMENT JOINDRE VOS FORCES AU COMITÉ DE DÉFENSE REID PIERSON!

Je n'ai cliqué sur ce site qu'une seule fois. Je dois admettre qu'il est impressionnant, le site en couleurs que Todd a créé avec le soutien financier de papa.

On peut faire défiler la carrière «fracassante» de Reid Pierson comme athlète et journaliste sportif, avec des photos, coupures de presse, témoignages de camarades d'équipe et de célébrités, couvrant plus de vingt ans. On peut adhérer au groupe de discussion Reid Pierson, composé surtout de ses fans, aussi bien hommes que femmes. Ces fans dévoués croient que Reid Pierson a été victime d'un coup monté par les autorités, ou bien que, s'il a vraiment commis le crime qu'il a avoué, il avait des «circonstances atténuantes», comme la démence passagère ou la légitime défense. Il y a des femmes qui l'«adorent», et des hommes qui l'«admirent» de toute façon, quoi qu'il ait fait. Pour ces gens, Reid Pierson sera toujours un héros. Ils lui envoient des dons à chaque appel de fonds, des lettres d'amour et des demandes en mariage.

Un fait nouveau: le ministère public de Seattle a rouvert l'enquête sur le décès «accidentel» de Bonnie Lynn Byers en 1985.

J'ai noté dans le journal lavande les derniers mots que papa m'a adressés: « *Tu peux dire à ta tante chérie que son tour viendra: mon fils n'est pas aussi malléable que mes filles.* »

Mais je n'en ai pas encore parlé à tante Vicky. Je me demande si je ne devrais pas le faire.

Dans le ranch de style espagnol de la Moreno Valley des Sangre de Cristo Mountains, où Krista Connor n'est jamais allée, ses peintures, ses sérigraphies, ses tissages, ses poteries sont dans chaque pièce. Dans le salon, dont les grandes fenêtres donnent sur les montagnes vers le nord, des photographies encadrées de Krista Connor sont disposées sur une table, sous une lampe à abat-jour frangé. Il y a aussi les photos Polaroïd que Mero Okawa a prises de mam, Samantha et moi, et où nous sourions toutes les trois, l'air épanoui. Mam a passé un bras autour de notre taille et appuie son menton sur mon épaule.

Il y a des choses dont on est persuadé qu'elles vont durer toujours.

Parfois, j'entre dans la pièce et je vois Samantha les yeux fixés sur ces photos, comme si elle était hypnotisée, et j'ai peur de la réveiller. Il m'arrive de tomber dans le même état, moi aussi, et de perdre la notion du temps. Je me réveille, étonnée de me rendre compte que plusieurs minutes de ma vie se sont écoulées, mais que pour mam, le temps ne passe plus.

Avant de quitter Seattle, tante Vicky m'a donné la bague en argent de ma mère, en forme de colombe, que je porte au troisième doigt de ma main droite. C'était l'une des bagues qui ont été découvertes à la banque, dans le coffre de mon père. Tante Vicky pensait qu'il aurait fallu l'apporter chez un bijoutier pour qu'il la réduise et la mette à ma taille, mais elle me va parfaitement bien.

Cet après-midi, je suis allée courir seule. Mon parcours habituel à partir de la maison suit un ravin à sec qui tourne vers une grande route. L'air était clair, frais, sec. Tandis que je courais, j'essayais de ne penser à rien, en dehors de ce qui m'entourait, de ce que mes yeux voyaient. Dans le Sud-Ouest, tout est si éclatant : pas de nappes de brouillard, de bruine, de ciel couvert, de pluie persistante qui font que les gens se replient sur eux-mêmes, deviennent maussades et mélancoliques. Ici, des rayons de soleil se déplacent entre les affleurements striés des rochers et le sable lisse, ondulé. Près de la route, j'ai entendu un gémissement, puis comme une course effrénée dans les buissons et j'ai vu apparaître un jeune chien, à peine plus grand qu'un chiot, maigre et chétif, tout couvert de ronces. Je me suis arrêtée pour le caresser, et il m'a aussitôt léché les mains, en remuant sa queue courtaude. Il avait la tête fine et pointue d'un colley et le corps plus trapu d'un labrador. Il n'avait pas de collier autour du cou, ni de médaille. « Mon pauvre chien ! Mon pauvre petit chien ! »

Je me suis accroupie à côté de lui, ne sachant que faire. Le chiot avait désespérément besoin d'affection. Il était effrayé et affamé. Si je continuais à courir, il essaierait de me suivre, mais il n'était pas en état de courir vite. Et je ne pouvais pas le laisser là.

C'est vrai, comment pourrais-je le laisser là ?

J'ai décidé de vérifier dans les quelques maisons des environs qu'il n'appartenait à personne, mais j'étais presque sûre, à en juger par son état, qu'il avait été abandonné au bord de la route.

Finalement, j'ai emmené le petit chien à la maison avec moi.

Nous ne savons pas encore comment nous allons l'appeler.

Table des matières

Loi n° 49-956
du 16 juillet 1949
sur les publications
destinées à la jeunesse
Couverture : Anne Catherine Boudet
P.A.O : Françoise Pham
Imprimé en Italie
par L.E.G.O. Spa (Lavis TN)
Premier dépôt légal : octobre 2005
Dépôt légal : octobre 2008
N° d'édition : 164310
ISBN 978-2-07-050858-7